KNAUR

Über den Autor:
Veit Etzold ist Autor von 12 *Spiegel*-Bestsellern. Sein erstes Buch schrieb er im Jahr 2008 mit Prof. Michael Tsokos, dem Chef der Berliner Rechtsmedizin, über spektakuläre Todesfälle in der Forensik. Bevor er zu schreiben anfing, war Etzold Banker, Strategieberater und Programmdirektor in der Management Ausbildung. Heute arbeitet er als Thrillerautor und Keynotespeaker. Passend zu seinen Thrillern ist er mit der Rechtsmedizinerin Saskia Etzold (geb. Guddat) verheiratet. Veit Etzold lebt mit seiner Frau in Berlin.
Besuchen Sie den Autor auf www.veit-etzold.de oder auf seiner Facebookseite unter www.facebook.com/veit.etzold.

VEIT ETZOLD

Winter des Wahnsinns

THRILLER

Besuchen Sie uns im Internet:
www.knaur.de

Aus Verantwortung für die Umwelt hat sich die Verlagsgruppe
Droemer Knaur zu einer nachhaltigen Buchproduktion verpflichtet.
Der bewusste Umgang mit unseren Ressourcen, der Schutz unseres Klimas
und der Natur gehören zu unseren obersten Unternehmenszielen.
Gemeinsam mit unseren Partnern und Lieferanten setzen wir uns
für eine klimaneutrale Buchproduktion ein, die den Erwerb von
Klimazertifikaten zur Kompensation des CO_2-Ausstoßes einschließt.
Weitere Informationen finden Sie unter: www.klimaneutralerverlag.de

Originalausgabe Mai 2021
Knaur Taschenbuch
Ein Imprint der Verlagsgruppe
Droemer Knaur GmbH & Co. KG, München
Alle Rechte vorbehalten. Das Werk darf – auch teilweise –
nur mit Genehmigung des Verlags wiedergegeben werden.
Ein Projekt der AVA International Autoren-und Verlagsagentur
www.ava-international.de
Redaktion: Antje Steinhäuser
Covergestaltung: ZERO Werbeagentur, München
Coverabbildung: Collage unter Verwendung
von Motiven von shutterstock.com
Satz: Adobe InDesign im Verlag
Druck und Bindung: CPI books GmbH, Leck
ISBN 978-3-426-52768-9

2 4 5 3 1

Für Saskia[1]

---

[1] Mit speziellem Dank an Saskias Vater Thomas Guddat, der mir bei dem Titel sehr geholfen hat. Ich fragte in die Runde, welches Wort mit Kälte-Thematik mit »W« anfängt, damit es zu »Wahnsinn« passt. Er sagte »Winter«. Die einfachen Lösungen sind oft die besten.

*Es war die Zeit des Julfestes, das die Menschen
Weihnachten nennen.
Obwohl sie wissen, dass es älter ist als Bethlehem
und Babylon. Älter als Memphis und die Menschheit.*

H. P. Lovecraft, »Das Fest«

PROLOG

Seamus Douglas Ta'Ghar, den man den schwarzen Prinzen nannte, zog sich den schweren Umhang fester um seine Schultern. Der eiskalte Nordwind, der unbarmherzig über die Ebene fegte, schien seinen Körper all seiner Sinne zu berauben, sodass er sich fühlte wie eine Steinstatue aus alten Zeiten. War es wirklich nur der Sturm, der ihn zittern ließ wie das letzte Blatt an einem sterbenden Baum, oder war es die Angst vor der Dunkelheit und dem Unbekannten, das auf ihn wartete?

In seinen Händen, die fast ebenso kalt waren wie der Wind, lag das Schwert, und es erzitterte nicht vor dem kalten Wind und es zitterte auch nicht vor Angst. Es war noch kälter als der Wind selbst, so kalt und furchtlos, wie es nur lebloser Stahl sein konnte.

Leblos?

Er wusste, dass das Schwert seit mehr als zwanzig Generationen von den Herrschern seiner Familie geführt wurde, und während dieser Zeit hatte es mehr Feinde seines Clans niedergestreckt, als man sich vorstellen konnte. Er erinnerte sich an die Geschichten, die die alten Männer damals, als er noch ein Kind war, am Feuer erzählten, dass es einst aus reinstem Eisen aus dem Herzen der Erde erschaffen wurde, als die Welt noch jung gewesen war. Runen der Macht und der Vergeltung waren in seine Klinge graviert, und schreckliche Flüche schlummerten in der Klinge, bereit, jeden niederzustrecken, der nicht zu seinem Clan gehörte und das Schwert führte.

Mehr als zwanzig Generationen!

Er dachte an Angrin Ta'Ghar, seinen Großvater, wie er Hakon Eisenfaust, den König der Nordmänner, mit dem Schwert im Zweikampf besiegte. Sie standen auf dem Gipfel des Berges von Loch na Gar, unter ihnen die bodenlosen Schluchten des Gebirges, über ihnen der unbekümmerte, unendliche Himmel. Er sah, wie die zwei aufeinander zustürmten, der König der Nordmänner mit der stumpfen Kraft eines Hammerschlages, Angrin mit der Geschmeidigkeit einer Raubkatze.

Lange kämpften sie, während die Armeen von beiden Heeren am Fuße des Berges lagerten und den Ausgang des Kampfes abwarteten. Mann gegen Mann, Stahl gegen Stahl, einer gegen den anderen, um das Schicksal von Nationen und Königreichen zu besiegeln. Und während sich der Himmel mit den Strahlen der untergehenden Sonne rot färbte, färbte sich auch die zertrampelte Erde rot, auf der die beiden Gegner bis zum Tode kämpften.

Es war damals die entscheidende Schlacht gewesen.

Genau wie diese Schlacht.

Diese Schlacht vielleicht noch mehr.

Diese Schlacht, das wusste er, war die wirklich entscheidende.

Denn diese Schlacht konnte er nur mit diesem Schwert gewinnen.

Doch nichts war umsonst.

Seamus Douglas Ta'Ghar hatte das Schwert.

Und das Schwert – hatte ihn.

KAPITEL 1
Oxford University,
Bodleian Library, 19. Dezember

Die Oxford Tube, die Busverbindung zwischen London und Oxford, hielt nahe der Bodlein Library, deren Kuppel in der Wintersonne strahlte. Charles Ward nahm seinen kleinen Reisekoffer und seine lederne Aktentasche, in der sich sein Laptop, ein Notizheft und ein Buch von J. R. R. Tolkien über Sir Gawain und den grünen Ritter befanden, und stieg aus dem Bus.

Es lag Schnee, was in England relativ selten war. Ward fragte sich überhaupt, ob man nicht Weihnachten einfach zwei Monate nach hinten schieben sollte, dann wären *weiße Weihnachten* wahrscheinlicher. Er musste an die Stelle in James Joyce' Geschichte »Die Toten« denken, in der es auch um Schnee ging, allerdings um Schnee, der über ganz Irland und nicht über Oxford lag. Ebenfalls eine seltene Sache.

Er dachte an besagten Abschnitt bei James Joyce, den er fast auswendig kannte, weil er ihn so schön fand.

> Ja, die Zeitungen hatten recht. Es fiel Schnee über ganz Irland. Schnee fiel auf jenen Teil der dunklen Ebene, auf die baumlosen Hügel und, noch weiter westlich, auf die tosenden Wellen der See. Er fiel auch auf jenen Teil des einsamen Friedhofs, auf dem Michael Furey begraben lag.

Auch hier fielen langsam Schneeflocken hernieder, als er die Bodleian Library links liegen ließ und seinen Koffer mit Mühe durch den pappigen Schnee zog. Für Schnee waren Rollkoffer definitiv nicht gemacht, und Ward, Dozent für englische Literatur am Merton College, war nicht dafür gemacht, sperrige Koffer durch den Schnee zu zerren.

Er würde, nachdem er seine wichtige Besorgung gemacht hatte, gleich noch seinen Doktorvater treffen, der den Lehrstuhl für Kunstgeschichte am Merton College innehatte. Ward hatte sich schon immer für ungewöhnliche fächerübergreifende Themen interessiert und für seine Dissertation über »Versteckte Wahrheiten in der Horrorliteratur unter besonderer Berücksichtigung des Werkes von H. P. Lovecraft« zunächst keinen Gutachter gefunden, bis sich Professor Richard Stokes, der offenbar schon länger von der Symbolik in Lovecrafts Werk fasziniert war, bereit erklärt hatte, die Arbeit zu betreuen. Die Forschung hatte nicht nur Mühe, sondern auch viel Spaß gemacht. Ward hatte mit seiner Frau sechs schöne Wochen an der Brown University in New England zu Lovecraft geforscht und Lovecrafts Städte Marblehead und insbesondere Providence besucht. Providence war nicht nur die Stadt, in der der große Horrorautor geboren war und die er in seinem Leben kaum verlassen hatte. Es war auch die Stadt, mit der er sich derart identifizierte, dass auf seinem Grabstein lediglich *Howard Phillips Lovecraft, 20. August 1890 – 15. März 1937* stand und etwas darunter noch *I am Providence – Ich bin Providence*. Unter Verschwörungstheoretikern, die die fantastischen Horrorstorys von Lovecraft nicht nur faszinierend fanden, sondern auch als Vorboten des Realen ansahen, war dieser Spruch mehr als nur die Bekenntnis der Zugehörigkeit zu einer Stadt. Denn *Providence* hieß *Vorsehung*. Kannte man das kosmische Grauen Lovecrafts, war der Ausspruch auf seinem Grabstein *Ich bin die Vorsehung* gleich eine eher unheimliche Erkenntnis.

Mit seiner Arbeit hatte Ward dann einen derartigen Erfolg, dass seine Doktorarbeit den Forschungspreis des

Merton College gewann, er als Dozent am College mit einer befristeten Stelle und Aussicht auf eine Professur angestellt wurde und seine Arbeit überdies als Hardcover-Ausgabe der Oxford University Press herausgegeben wurde.

Zudem erhielt Ward einen Preis von dreißigtausend Pfund, den er, entgegen den Erwartungen einiger reicher Mäzene der Universität, nicht etwa spendete, sondern behielt. Die Forschungsreisen waren teuer gewesen, als Dozent verdiente man keine Unsummen, und er wollte eine Familie gründen. Ward kannte den Leitspruch aller Geisteswissenschaftler, besonders jener, die philosophisch bewandert waren und sich in englischer Literatur auskannten. Denn schon Chaucer hatte im 14. Jahrhundert in seinen »Canterbury Tales« geschrieben: *But al be that he was a philosophre, yet hadde he but litel gold in cofre – Obwohl er Philosoph war, hatte er nicht viel Geld im Koffer.* Was heißt hier *obwohl*, dachte Ward dann immer, es müsste eigentlich *gerade deswegen* heißen.

Sein Handy piepte. Er schaute auf das Display. Es war Trevor. Eine SMS.

»Melde dich. Die Mysterien warten nicht.«

Knurrend stellte er den Koffer ab und wählte Trevors Nummer.

»Ich bin schon da«, sagte Ward.

»In Oxford?« Trevors Stimme klang, als hätte er bereits einen Whisky getrunken. Es war zwar erst 16 Uhr, aber das war für Trevor kein Hinderungsgrund. Er lebte nach der Devise, nach der im früheren britischen Empire Gin getrunken wurde: *Das Commonwealth ist derart groß, da ist immer eine passende Zeitzone, um Gin zu trinken.*

»Ja, bin gerade ausgestiegen. Hast du das Buch noch?«

»Hab es für dich reserviert.«

»Perfekt. Ich bezahle es auch. Würde nur gern mal reinschauen.«

Der Grund, warum Ward früher aus London zurückgekommen war, war der Anruf von Trevor gewesen, der den Bodleian Bookshop betrieb, eher ein Antiquariat als eine klassische Buchhandlung.

»Komm her. Die Toten reiten schnell.«

»Das ist aus ›Dracula‹, oder?«

»Richtig. Aber die Toten spielen auch eine Rolle in dem Buch.«

Ward hörte ein Geräusch, als würde Trevor tatsächlich einen Schluck trinken. »Habe auch einen Islay da. Wann kommst du?«

»Fünf Minuten. Ich sehe dein Schild schon am Ende der Straße.«

Ward fragte sich, was für Tote Trevor wohl meinte, die in dem seltenen Buch vorkamen, wegen dem er ihn in London angerufen hatte. Er hatte das Buch endlich bekommen, nachdem gerade diese Ausgabe lange Zeit nahezu unauffindbar gewesen war. Interessant war an dem speziellen Exemplar nämlich nicht primär der Text, sondern die Anmerkungen und Randnotizen darin.

Ward stapfte mit seiner Tasche durch den Schnee, während er den Rollkoffer wie einen störrischen Hund hinter sich herzerrte, und musste wieder an die letzten Sätze aus Joyce'»Die Toten« denken.

Der Schnee lag in dicken Schichten auf den steinernen Kreuzen und Grabsteinen, auf den Pfosten des kleinen Tores und auf den Dornenbüschen. Langsam schwand seine Seele, während er den Schnee still durch das All fallen hörte. Und still fiel er, der Herabkunft ihrer letzten Stunde gleich, auf alle Lebenden und Toten.

Dann war er beim Bodleian Bookshop angekommen.

KAPITEL 2

Oxford University,
Bodleian Bookshop, 19. Dezember

Trevor hatte nicht nur das Aussehen, sondern auch die Beweglichkeit einer Schildkröte. Er schaute Charles Ward über seine fettigen Brillengläser hinweg an und strich sich mit einer Hand durch die ebenfalls fettigen graubraunen Haare, während er in der anderen Hand eine Flasche trug und mit langsamen Schritten näher kam.

»Da kommt er ja endlich«, sagte Trevor.

»Ja, da kommt er.« Charles sah sich um. »Kann ich den Koffer hier irgendwo abstellen?«

»Natürlich. Trinkst du einen Islay?«

»Aber nur einen kleinen.«

»Versteht sich.« Trevor schenkte zwei Gläser ein und trank von seinem mehr als die Hälfte in einem Schluck.

»So«, sagte Charles, nachdem er den Geschmack des torfigen Whiskys genossen und sich umgeschaut hatte. Riesige Regale voller alter Folianten erhoben sich um ihn herum wie Festungsmauern. »Wo ist denn nun das Buch?«

»Richtig«, sagte Trevor, »da war doch was.« Er stand umständlich auf und kam kurz darauf mit einem in Leder gebundenen, leicht zerfledderten Buch wieder.

»Das ist der Reisebericht?«, fragte Charles.

»Das ist er.«

»Darf ich?«

»Wenn du es auch kaufst ...« Er gluckste kurz, trank aus und schenkte sich nach.

Charles blätterte durch die Seiten und las halblaut vor: »›Eine Reise zum schwarzen Berg von Bannockburn‹.« Er blickte auf. »Ich wusste nicht, dass es da einen schwarzen Berg gibt.«

»Es ist nicht unbedingt ein Berg«, erklärte Trevor, »sondern eher ein Hügel, ähnlich wie der Dumyat.« Trevor nahm einen weiteren Schluck.

»Das Interessante an dem Buch ist aber nicht nur der Text an sich, sondern die Anmerkungen und Randnotizen.«

»Sagtest du. Es hat also einer reingeschrieben?«

»Nicht nur einer. Hier.«

In dem Buch waren an vielen Stellen Randnotizen ergänzt. Mit Tinte, mit Feder und mit einer Art dünnem Filzstift.

»Unterschiedliche Stifte und Schriften«, sagte Charles.

»Drei«, sagte Trevor. »Ich habe schon gezählt.«

»Insgesamt drei? Sie haben in das Buch geschrieben und es dann immer weiterverkauft?«

»Oder verschenkt. Wer weiß.«

»Von wann ist das Buch?«

»1776. Es beschreibt die Natur rund um Bannockburn.«

»War da nicht eine dieser großen Schlachten?«

»Richtig. Schotten gegen die Engländer. Sieht man auch bei *Braveheart*. Und viele glauben, dass dort noch immer die Geister der Erschlagenen herumspuken.«

»Besonders die, die hier in den Laden kommen, oder?«

Trevor nickte. »Die ganz besonders.«

Charles Ward wusste, dass oft seltsame Typen in Trevors Laden kamen, da der Buchhändler auch ein großes Arsenal an magischen Büchern hatte. Die Schriften von Éliphas Lévi und die »Occulta Philosophia« von Agrippa von Nettesheim, die magischen Werke von Trithemius und auch gelegentlich das »Grand Grimoire«, in dem ein fürchterliches Ritual beschrieben wird, mit dem man die Toten beschwören konnte. Charles hatte mehrere dieser Bücher gelesen. In einem der Rituale musste man einen Hund an einer Alraunenwurzel befestigen und dann den Hund erschlagen. Durch den Todeskampf des Hundes wurde die Wurzel aus der Erde gezogen – und lebte ab dann als lebende Alraunenwurzel weiter. Charles wusste nie so recht, was er davon halten sollte. Einerseits war dieses Thema durch seine Dissertation zu H. P. Lovecraft sein Forschungsgebiet, andererseits hatte er als Wissenschaftler eine gesunde Skepsis gegenüber all diesen okkulten Themen, die sich nicht einwandfrei belegen ließen. Obwohl er sie zweifellos faszinierend fand. Er war, wie er selbst immer zu sagen pflegte, *nahe genug dran, aber weit genug weg.*

»Du erinnerst dich an unsere Gespräche über das Grand Grimoire?«, fragte Trevor und zündete sich einen Zigarillo an, dessen Qualm er an den Regalen entlang nach oben paffte.

»Ja. Ein eher unerfreuliches Thema.«

»Es gibt eine Passage in der Ausgabe von 1522, die als verschollen gilt«, sagte Trevor. »Man muss einen Kreis bilden für die Beschwörung, einen Kreis aus der in Streifen geschnittenen Haut einer jungen Ziege, mit Nägeln am Boden befestigt, die aus dem Sarg eines Kindes stammen.« Er beugte sich nach vorne wie eine Schildkröte, die unter ihrem Panzer hervorblinzelt.

»Und?« Charles fragte sich, was diese Information mit dem Buch zu tun hatte.

Trevor sog die Luft ein. »Es ist das Opfer an Lucifuge Rofocale, mit dem man die Toten beschwören und sie vielleicht sogar befragen kann.« Er hielt kurz inne. »Manche sagen hingegen, man sollte statt der Ziegen lieber Babys nehmen.«

»Warum das? Weil es ein Menschenopfer ist?«

»Es sind genau genommen sogar Neugeborene. Und das ist das Gruselige. Hier!« Er klappte das Buch auf.

Charles las die Randnotiz. »*Habe in der Kapelle nahe Milton das Buch gefunden, das von dem schwarzen Berg be-*

richtet. Dort gesehen, dass das Ritual statt mit Ziegen mit Säuglingen besser zu machen ist.« Charles blickte auf. »Ein solches Buch in einer Kapelle?«

»Scheint so. Blätter mal um. Da geht es weiter. Da steht, warum man die Säuglinge nehmen soll. Sogar Neugeborene.«

Charles las weiter. »*Sie eignen sich am besten zur Beschwörung der Toten, denn sie sind gerade erst aus der Welt jenseits des Tores gekommen. Das Tor, durch das wir alle wieder hinausgehen werden.*«

Charles blätterte nach vorne. »Gruselig ist dein Buch, das muss ich dir lassen.«

»Darum auch die dreihundert Pfund.«

»Zweihundertfünfzig«, sagte Charles.

»Zweihundertachtzig.«

»Na meinetwegen. Weißt du, wer diese drei Kommentatoren sind?«

»Sie lebten, wie es aussieht, im 18., 19. und 20. Jahrhundert.«

»Weißt du sonst etwas über sie?«

»Keine Ahnung. Am besten, du liest das Buch. Und die Randnotizen. Es scheint aber immer um diesen schwarzen Berg zu gehen.«

»Und da sind diese Männer alle hingegangen? Die Typen, die hier in das Buch geschrieben haben?«

»Wenn ich das richtig überflogen habe, ja.«

»Und?«

Trevor verzog absichtlich das Gesicht. »Und keiner kam jemals lebend zurück!«

»Wirklich?«

Trevor grinste. »Keine Ahnung! Ich bin nur Buchhändler, kein Detektiv.«

»Ein Gauner bist du. Ich nehme das Buch.« Charles schaute auf die Uhr. »Bin gleich noch bei Professor Stokes.«

»Dem wird das Buch gefallen.«

»Deswegen gehe ich auch hin.« Er wühlte in seiner Tasche. »Du nimmst doch mittlerweile auch Kreditkarten?«

Trevor trank den Whisky aus und nickte. »Sogar Apple Pay.«

»Apfelkuchen?«

»Das ist *Apple Pie!*«

KAPITEL 3
Auf dem Weg zum Merton College, 19. Dezember

Charles Ward überquerte die Oxford High Street, bog von der Magpie Lane in die Merton Street, ging vorbei an der Nummer 21, in der Tolkien gelebt hatte, und erreichte schließlich sein Ziel.

Merton College, aus dem Jahr 1264, eines der drei Gründungs-Colleges der Universität, empfing ihn mit den altbekannten mittelalterlichen Häusern und Türmchen, auf denen der Schnee lag, und zugefrorenen Brunnen, die in vergessenen und verschneiten Gärten und Parks in der Wintersonne blitzten. Die Kapelle des Colleges, Merton College Chapel, hob sich in gotischer Pracht stolz und majestätisch vom eisblauen Winterhimmel ab, und die Hallen und Seminargebäude verkörperten als steingewordene Erinnerung den Stolz und die Würde vergangener Jahrhunderte.

Als Ward die Kapelle sah, musste er an die Geschichte von Trevor denken, in dessen Laden er den Koffer abgestellt hatte, um ihn nicht zweimal durch den Schnee zerren zu müssen. Das grausige Buch in der Kapelle. *Neugeborene*, stand dort. *Sie eignen sich am besten zur Beschwörung der Toten, denn sie sind gerade erst aus der Welt jenseits des Tores gekommen. Das Tor, durch das wir alle wieder hinausgehen werden.*

Sein Telefon klingelte, und er zuckte dermaßen zusammen, dass er sich über sich selbst wunderte. Er kannte die Nummer. Es war Helen, seine Frau.

»Bist du schon wieder in Oxford?«, fragte Helen.

»Ja, gerade angekommen.«

»Gerade? Du bist doch schon seit einer Stunde hier.«

»Was soll das heißen?«

»Lisa hat dich gesehen.«

Lisa, dachte er, *die hat auch kein eigenes Leben.* »Ich war noch bei Trevor.«

»Und? Wie viel hat das Buch diesmal gekostet?«

»Hundert Pfund«, log er. »Aber das war es wert.«

»Das sagst du immer. Wann kommst du nach Hause?«

»Ich bin noch kurz bei Stokes, und dann komme ich nach Hause.«

»Ich rufe dich aber nicht an, um dich zu kontrollieren«, sagte Helen.

»Gott sei Dank, ich hatte kurz den Eindruck.«

»Warum ich anrufe ...« Helen machte eine Pause. »Da ist ein Brief für dich gekommen. Vom Dekanat.«

»Ach?«

»Soll ich ihn aufmachen?«

Charles hasste solche Fragen. Was war, wenn in dem Brief, der auch noch vom Dekanat war, irgendetwas stand, das unerfreulich war und mit seiner Position zu tun hatte? Wie war der Spruch noch? Wenn es etwas Erfreuliches gibt, ruft man an, wenn es unerfreulich ist, schreibt man einen Brief. Andererseits, dachte er, vielleicht war es auch ein fester Anstellungsvertrag mit Aussicht auf die Professur? Wobei er für die normalerweise erst noch durch ein langwieriges Berufungsverfahren musste. Egal, dachte Ward, jetzt hatte ihn das Klingeln dermaßen erschreckt, dann sollte der Anruf auch zu etwas nutze sein. Ansonsten würde er ohnehin die ganze Zeit bei Stokes an den Brief denken, sich nicht konzentrieren können und abends mit schlechter Laune den Brief öffnen. Was soll's, dachte er, was soll schon passieren? Das Grand Grimoire wird schon nicht in dem Brief sein.

»Ja, mach auf.«

Er hörte, wie Helen den Brief aufriss. Das Schweigen gefiel ihm nicht.

»Charles«, sagte sie dann. Das war ein schlechtes Zeichen. Normalerweise nannte sie ihn *Charlie* oder manchmal auch *Chuck*, obwohl er mit Chuck Norris wenig gemein hatte. Außer die Vorliebe für Chuck-Norris-Witze.

Wie viele Liegestütze schafft Chuck Norris? Alle!

»Die wollen dich nicht verlängern«, sagte Helen.

»Was?«

»Die Dozentenstelle. Sie läuft bis Ende des Sommersemesters im nächsten Jahr, und dann muss man neu verhandeln.«

»Wer hat das geschrieben?«

»John Kenny.«

»Der Dekan. Na toll.«

»Aber es war doch alles sicher?«

»Das weiß ich selbst! Meinst du, ich habe das erwartet?« Im nächsten Moment tat es ihm leid, dass er seine Frau so anblaffte. Sie konnte ja wirklich am wenigsten dafür.

»Charles, es tut mir leid.«

»Ich frage mich«, sagte Ward, »wie das kommt. Steht da was?«

»Ich schau mal ...« Helen überflog den Brief. »Lehrevaluation sehr gut, aber Forschungsergebnisse noch zu dünn für künftige Professur.«

»Wie bitte?«

»Ich lese nur, was da steht.«

»Und der Merton-Preis?«

»Vielleicht haben sie den vergessen?«

Er schaute einer Gruppe von Studenten hinterher, die so aussahen, als würden sie gleich mit dem Zug nach Heathrow fahren und dann in die Weihnachtsferien fliegen.

»Pass auf«, sagte Ward, »kannst du den Brief abfotografieren? Dann zeige ich es gleich Stokes.«

»Mache ich. Wann kommst du?«

»Eine Stunde. Vielleicht zwei. Dann reden wir in Ruhe.«

Er beendete das Gespräch. *Forschungsergebnisse zu dünn*, dachte er. Dann schaute er auf das Buch, das er noch immer in der Hand hielt wie einen Schatz. Oder ein neugeborenes Kind.

Vielleicht, dachte er, kann mir das Buch dabei helfen? Nein, anders: Es *muss* mir helfen.

KAPITEL 4
Merton College, Vorlesung, 19. Dezember

Stokes stand vorn an seinem Laptop und hatte das Bild eines berüchtigten Buches an die Wand geworfen. Er sah erwartungsvoll in den Hörsaal und fuhr sich durch den kurzen grauen Bart. In seinem Tweedjackett und mit der Pfeife, die kalt auf dem Pult lag, erinnerte er wirklich an Tolkien, dachte Ward. Wobei keiner wusste, ob Tolkien im Hörsaal geraucht hatte. Man erzählte sich, dass sich das, trotz Rauchverbots, nur Umberto Eco in Bologna getraut hatte.

»Wer kennt dieses Buch?«, fragte Stokes in die Runde.

Einige meldeten sich.

»Wie heißt es?«, fragte er.

»Das ›Necronomicon‹«, sagte ein Student mit schwarzem Hoodie in der ersten Reihe.

»Richtig.« Stokes nickte. »Das Necronomicon, auch genannt ›Das Buch der Toten Namen‹. Und Lovecraft ist sein Erschaffer, auch wenn er es nicht geschrieben hat. Aber wo immer einer der Great Old Ones, der Großen Alten, beschworen oder das Elder Sign gezeigt wird, steckt das Necronomicon dahinter. Stephen King hält Lovecraft daher für den größten Horrorautor des 20. Jahrhunderts, und selbst Umberto Eco, der postmoderne Zitatmeister par excellence, kann es sich im ›Foucaultschen Pendel‹ nicht verkneifen, in einem Ritual des Weltverschwörungsordens in Paris am Ende des Romans den großen Cthulhu zu erwähnen.« Stokes blickte in sein Skript und las vor: »*Aber dann sah ich [...] Pierre, der triumphierend die Klinge hochhob und brüllte: ›Enfin le sacrifice humain!‹ Und zu der Menge im Kirchenschiff gewandt, mit voller Kraft: ›I'a Cthulhu! I'a S'ha-t'n!‹*«[2] Er

---

2   Endlich! Das Menschenopfer! (französisch)

blickte auf. »Haben Sie alle das Foucaultsche Pendel gelesen?«

Die meisten schüttelten den Kopf.

»Unbedingt lesen!«, sagte Stokes. »Dan Brown'sche Verschwörung, lange vor Dan Brown. Aber zurück zum Necronomicon. Wer hat es geschrieben?«

»H. P. Lovecraft?«, fragte eine Studentin in der ersten Reihe.

Stokes schüttelte den Kopf. »Viele tun so, als gäbe es dieses Buch wirklich, aber es ist eine Erfindung von Howard Phillips Lovecraft.«

»Es gibt das Buch nicht?«, fragten einige Stimmen. »Er hat es nicht geschrieben? Und auch sonst niemand?«

Stokes schüttelte den Kopf, als würde er es genießen, den Irrglauben zu zerstören.

Ward hatte sein Smartphone hervorgezogen

»Ich dachte, das Buch wäre der Beweis, dass Lovecraft Okkultist war?«, fragte der Student mit dem Hoodie.

Ward musste lächeln. Er kannte die Verschwörungen über Lovecraft und die Art, wie ihn viele Leute gerne sahen. Als Visionär und Eingeweihter und nicht als Mythenschöpfer und Autor – und schon gar nicht als Atheisten und Materialisten, was er aber ja nun einmal war.

Er schaute auf das Foto des Briefes vom Dekan, das Helen ihm eben geschickt hatte, ärgerte sich und wischte dann weiter auf eine Website, auf der die berühmte *Geschichte des Necronomicons* erwähnt wurde. Er hatte die Passage Lovecrafts über die Geschichte der verbotenen Buches schon oft gelesen, und immer wieder faszinierte ihn die Chronik aus scheinbaren Fakten und Grauen.

Originaltitel: »Al Azif« – *Azif* ist der Begriff, mit dem die Araber jenes nächtliche (von Insekten verursachte) Geräusch bezeichnen, hinter dem sie das Heulen der Dämonen vermuten.

Ward holte tief Luft. So funktionierte Horrorliteratur. Er las weiter und hörte mit halbem Ohr, was Stokes sagte.

> Verfasst von Abdul Alhazred, einem wahnsinnigen Dichter aus der jemenitischen Stadt Sanaá, von dem es heißt, er habe während der Zeit des Kalifats der Omajaden, etwa 700 n. Chr., gewirkt. Er besuchte die Ruinen von Babylon und die unterirdischen Geheimnisse von Memphis und verbrachte ganz auf sich allein gestellt zehn Jahre in der großen südarabischen Wüste – die »Roba El Khaliyeh« oder »leere Weite« der Alten und die »Dahna« oder »Karminrote Wüste« der modernen Araber –, von der man glaubt, sie sei von bösen Geistern und Ungeheuern des Todes behaust.

»Das Buch auf Ihrer Folie«, sagte der Student mit dem Hoodie, »das ist doch aus ›Tanz der Teufel‹?«

»Möglich«, sagte Stokes. »Mit Horrorfilmen kenne ich mich nicht so aus. Ich habe das Bild im Internet gesehen und dachte, es passt gut.«

»Der Film war lange Zeit verboten«, sagte der Student, »er lief auch lange vor meiner Zeit. Aber in dem Film ist es ein Buch, das auf Menschenhaut mit Menschenblut geschrieben ist.«

Stokes lächelte kurz. »Wie auch sonst. Danke für den Hinweis. Auch ich lerne nie aus. Aber wenn Sie sagen, dass auch in diesem Film das Necronomicon auftaucht, zeigt dies sehr gut, wie stark es die Populärkultur durchdrungen hat. Was Lovecraft nämlich meisterhaft gemacht hat, ist, dass in seinen Büchern sowohl fiktive als auch real existierende Spiritisten auftauchen, wie zum Beispiel John Dee oder Éliphas Lévi. Genau das nutzten diejenigen, die aus Lovecraft einen Okkultisten machen wollten, ebenfalls. Und das sehen sie auch in den diversen *Fake Necronomicons*, die von selbst ernannten Magiern und Kryptografen publiziert wurden, obwohl dieses Buch real niemals geschrieben wurde. Hierbei wird Lovecraft wider Willen zu einem Visionär und Adepten, gleich einem seiner Künstlercharaktere, gemacht.«

Ward blickte kurz auf und las dann den Text im Internet weiter.

> Seine letzten Jahre verbrachte Alhazred in Damaskus, wo er das Necronomicon (Al Azif) niederschrieb, und von seinem schließlichen Tod oder Verschwinden (738 n. Chr.) erzählt man sich mannigfache schreckliche und widerstreitende Dinge. Laut Ibn Khallikan (in einer Biografie aus dem 12. Jahrhundert) wurde er am helllichten Tage von einem unsichtbaren Ungeheuer gepackt und im Angesicht einer großen Zahl vor Angst erstarrter Zeugen auf grauenvolle Weise verschlungen. Über seinen Wahnsinn ist mancherlei erzählt. Er erhob den Anspruch, das sagenhafte Irem, oder die Stadt der Säulen, gesehen zu haben und unter den Ruinen einer gewissen Stadt ohne Namen inmitten der Wüste auf die schockierenden Chroniken und Geheimnisse einer Rasse gestoßen zu sein, die älter ist als die Menschheit. Er war seinem muslimischen Glauben nicht treu und betete zu unbekannten Wesenheiten, die er »Yog-Sothoth« und »Cthulhu« nannte.

Ward ertappte sich dabei, wie er zuerst auf den Text des Necronomicons auf seinem Smartphone und dann auf das Buch blickte, das er bei Trevor vor einer halben Stunde gekauft hatte. Und er fragte sich, welches von beiden wirklich das verfluchte Buch war.

Stokes blickte auf die Uhr. »Unsere Zeit ist gleich um. Daher werden wir den zweiten Teil zum Necronomicon nächste Woche behandeln. Nur so viel: Wer glaubt, dass Lovecraft Okkultist war, dass es das Necronomicon wirklich gibt oder dass Lovecraft es selbst geschrieben hat, den muss ich leider enttäuschen.«

»Ist das wirklich so?«, erhob eine Studentin im mittleren Teil des Hörsaals die Stimme.

»Ja, das ist so. Der beste Beweis dafür ist dieser Satz, der von Lovecraft selbst stammt. Er schrieb: *If the Necronomicon legend continues to grow, people will end up believing in it and accusing me of faking when I point out the true origin of the thing* – wenn es mit der Necronomicon-Legende so weitergeht, werden die Leute am Ende noch dran glauben! Und mich der Lüge bezichtigen, wenn ich darauf hinweise, wo das Necronomicon wirklich herkommt.«

KAPITEL 5
**Wohnung von Richard Stokes,
Merton College, Oxford, 19. Dezember**

Es war dunkel geworden. Richard Stokes hatte bei seinem Butler Angus für beide einen Cognac und einen Earl Grey Tee bestellt. Ward hatte auf die Uhr geschaut. Es war 18 Uhr, er hatte schon einen Whisky getrunken und jetzt noch einen Cognac. Er fragte sich, ob das die richtige Voraussetzung war, um seine Stelle in Oxford zu verlängern, aber die Verlockung war doch zu groß. Es war Hennessy-Cognac, den auch Churchill getrunken hatte. Der hatte allerdings oft schon morgens damit angefangen, zusammen mit mehr als zehn Zigarren pro Tag. Seinen geistigen Fähigkeiten hatte das allerdings nicht geschadet.

Ward hatte sich in einen der schweren Ledersessel in einem Nebenraum von Stokes' Arbeitszimmer niedergelassen. Die Luft roch nach altem Holz, Büchern und Pergamenten, vermischt mit dem Duft von Teeblättern, Hennessy-Cognac und Pfeifenrauch. In dem großen Kamin knisterte ein Feuer, das Stokes' Butler für sie entzündet hatte. Stokes' Katze hatte sich in der Nähe des Feuers auf einem Stück Teppich niedergelassen, nachdem sie zuvor die zwei Herren, die sich da in ihrem Reich zusammengesetzt hatten, zugleich neugierig und gelangweilt angeblickt und dabei einen langen, vorwurfsvollen Miau-Ton ausgestoßen hatte.

Ward hatte vorher einen Blick in Stokes' Arbeitszimmer geworfen. Der riesige Schreibtisch war mit Blättern und Heften bedeckt, und die meterhohen Regale an den Wänden waren derart vollgestopft mit Büchern, dass der Raum den Eindruck erweckte, schalldicht zu sein.

Auch der dunkelbraune Eichentisch, an dem sie jetzt saßen, war über und über mit Papieren und Büchern vollgestapelt. Als der Tee von Angus serviert wurde, dampften die zwei Tassen, die im scharfen Wettbewerb um einen freien Platz auf der Tischplatte standen, als müssten sie einander übertrumpfen.

Ward hatte den Brief des Dekans angesprochen.

»Wundert mich, die Sache mit Kenny«, sagte Stokes und lehnte sich zurück. »Ich hätte gedacht, dass er das wenigstens vorher mit mir abstimmt.«

»Hätte ich auch gedacht«, sagte Ward. »Aber vielleicht hilft mir das hier.«

»Das Buch, das Sie gekauft haben?« Stokes beugte sich vor.

»Ja, genau das.« Ward zog das Buch hervor.

Stokes blickte neugierig auf den Titel, der in Gold auf dem brüchigen Ledercover stand.

Ward drückte ihm das Buch in die Hand. »Schauen Sie mal.«

»›Scenery and Battles of Bannockburn‹«, las Stokes und betrachtete das Buch von allen Seiten. »›Landschaften und Schlachten von Bannockburn.‹ Wollen Sie da hin?«

»Es soll dort einen schwarzen Berg geben, der ein Geheimnis hat.«

»Klingt wie aus einem Abenteuerroman«, sagte Stokes und blätterte durch das Buch. »In Bannockburn hatten doch die Schotten gegen die Engländer gekämpft. Es gibt da in dem Film ›Braveheart‹ die berühmte Rede von William Wallace.« Stokes lächelte. »Die kenne sogar ich.«

Ward nickte. »*Kämpft, und ihr könntet sterben, flieht, und ihr könntet leben. Und wenn ihr dann eines Tages alt und krank in euren Betten liegt, wärt ihr dann nicht bereit, jeden Tag von dann bis zum heutigen Tag eintauschen zu können und ihnen zuzurufen: Ja, sie mögen uns unser Leben nehmen, aber niemals unsere Freiheit.*« Ward grinste. »Ich bin Braveheart-Fan.«

»Aber was hoffen Sie da zu finden?«

»Ich weiß es nicht. Vielleicht irgendetwas für meine Forschung?«

»Auf dem Berg?«

»Vielleicht.«

»Sie erinnern mich an Petrarca«, sagte Stokes.

»Der Italiener? Der den Mont Ventoux bestiegen hat?«

»Ja. Am 26. April 1336, interessanterweise genau sechshundertfünfzig Jahre vor dem Reaktorunfall von Tschernobyl, bestieg der italienische Dichter Francesco Petrarca den Mont Ventoux – und eröffnete damit ein neues Natur- und Weltbewusstsein, eine Weltergriffenheit, die sich kühn löste von mittelalterlicher Weltverneinung.« Er trank von seinem Tee und entzündete die Pfeife. »Keiner kam im Mittelalter auf die Idee, auf einen Berg zu steigen, um die Natur zu genießen. Zu groß war die Furcht vor der feindlichen Natur, und zu wenig wurde die unbezähmte Erhabenheit dieser Natur damals bereits als etwas ästhetisch Eindrucksvolles gesehen.«

»Stimmt«, sagte Ward. »Die Natur wurde erst seit der Mitte des 18. Jahrhunderts, seit Rousseau und Goethe, intensiv erlebt, und zur erbaulichen Besteigung von Gipfeln kam es erst Anfang des 19. Jahrhunderts mit der Ausbreitung des Sports hier in England.«

»Und da sehe ich ein Problem«, sagte Stokes.

»Welches?«

»Wenn dieser Berg einfach nur ein Berg ist, dann ist er kein Gegenstand wirklichen Forschungsinteresses.«

Ward zog die Mundwinkel nach unten. »Könnte sein.«

»Sollte da aber doch irgendetwas nicht mit rechten Dingen zugehen, dann kann das Forschungsinteresse schnell zur Gefahr werden. Wenn Sie dort hingehen. Und das wollen Sie doch?«

»Es reizt mich schon.«

»Und warum?«

»Ich weiß nicht«, sagte Ward. Es war die Wahrheit. Er wusste nicht, warum ihn die Sache antrieb, und das machte ihm gleichzeitig Angst. »Es ist dieses Buch. Ich werde gleich nach Hause gehen, mit Helen zusammen zu Abend essen und dann wahrscheinlich die ganze Nacht dieses Buch lesen.«

»Scheint so«, sagte Stokes, »dass es Ihr eigenes Necronomicon ist.«

»Vielleicht. Schöne Vorlesung vorhin. Ich hätte gern noch länger zugehört.«

KAPITEL 6
Vor langer Zeit

Seamus sah die Vision des Kampfes vor seinen Augen.

Dieser Kampf war seit Jahrhunderten vorbei, doch diese Schlacht stand erst bevor.

Die Zeit schien stillzustehen, als das Schwert von Angrin, seinem Vorfahren, aufblitzte, den mächtigen Kriegshammer des Nordmannes wie Feuerholz zerteilte und dann, in einem stählernen Halbkreis aus Tod und Zerstörung, durch Muskeln, Fleisch und Knochen schnitt und Hakons Kopf von seinem massiven Körper trennte. Der Kopf flog in einem grotesken Bogen, einem morbiden Kometen gleich, dem roten Abendhimmel entgegen, eine Spur aus Blut hinter sich herziehend, und noch bevor er den Boden berührte, brachen die Armeen Ta'Ghars in Triumphgeheul aus.

Andere Legenden erzählten von der Zeit, als es noch Drachen gab. Drachen, die niemand je gesehen hatte und von denen die meisten glaubten, dass es sich um frühzeitliche Echsen handeln musste. Doch die Alten und Weisen wussten, was es wirklich war.

Vor seinem inneren Auge erschien Ancalion der Rote, ein Drache, dessen Grausamkeit und Blutdurst nur zu gut zu seiner Farbe passten. Seine mächtigen Schwingen durchschnitten die Luft in weitem Umkreis. Er war der Schrecken eines ganzen Landstriches. Er brachte den Dörfern und Landstrichen des Reiches den Untergang. Bis ihm das Schwert seinerseits den Untergang brachte. Vor Jahrhunderten war Karon Ta'Ghar, der dritte Herrscher der Dynastie, mit dem Schwert aufgebrochen, um den Drachen zu töten, und die Klinge durchschlug die eisenharten Panzerplatten des Drachens, als würde sie in Wasser eintauchen.

So große Taten, doch Seamus sah sie vor seinen Augen, als hätten sie sich erst gestern ereignet und als wäre er selbst dabei gewesen. Das Schwert, das in seinen kalten und zitternden Händen ruhte, war eine schreckliche Waffe, ein Verschlinger der Seelen seiner Feinde, erfüllt von einem unstillbaren Blutdurst, wenn der Kampf begann.

Dennoch zitterte Seamus noch stärker, als er seinen Blick auf die Schwarzen Berge, weit entfernt im Norden, richtete. Waren die alten Legenden wahr geworden, die Geschichten von dem Vergessenen König, der seit Urzeiten über sein Reich in den finsteren Bergen regierte und der nun zurückkehrte? War dort wirklich eine böse, unbekannte und uralte Macht und nicht nur eine Geschichte, die geeignet war, kleine Kinder zu erschrecken? War dort wirklich ein Wesen, dessen Willenskraft größer als die Gesetze der Natur und dessen Seele stärker als der Tod war?

KAPITEL 7
**Wohnung von Richard Stokes,
Merton College, Oxford, 19. Dezember**

»Tja, das Necronomicon«, sagte Stokes, »wahrscheinlich noch verfluchter als Ihr Buch, aber dafür nicht real.« Stokes zog Rauch aus seiner Pfeife. »Laut Lovecraft hat Theodorus Philetas aus Konstantinopel das Buch ›Al Azif‹ unter dem Titel ›Necronomicon‹ heimlich ins Griechische übertragen. Ein Jahrhundert lang bewog es gewisse Schwarzkünstler zu grässlichen Versuchen, bis es vom Patriarchen Michael bekämpft und verbrannt wurde. Danach hörte man nur verstohlen und insgeheim von ihm, doch im späteren Verlauf des Mittelalters fertigte Olaus Wormius eine lateinische Übersetzung ...«

»... 1228, richtig?«

»Ja, richtig. Er fertigte 1228 die lateinische Fassung an, und diese lateinische Textversion erschien zweimal im Druck – einmal im 15. Jahrhundert in Frakturschrift, das war offenkundig in Deutschland, und einmal im 17. Jahrhundert, wahrscheinlich spanischen Ursprungs.«

»Und alle wurden vom Vatikan verboten?«

»Ja, sowohl die lateinische als auch die griechische Übersetzung des Werkes wurden kurz nach der Entstehung der lateinischen, die Aufmerksamkeit auf das Werk zog, im Jahre 1232 von Papst Gregor IX. verboten.«

Ward blätterte in dem Buch, das er bei Trevor gekauft hatte. Bei einer Randnotiz stand *siehe John Dee Übersetzung*. Er blickte auf. »Und was ist mit der angeblichen Übersetzung von Dr. John Dee? Er wird hier erwähnt und er soll doch angeblich auch das Necronomicon übersetzt haben?«

Stokes nickte. »Ja. Eine von Dr. Dee verfertigte Übersetzung gelangte nie zum Druck und ist nur in Fragmenten erhalten, die aus dem ursprünglichen Manuskript gerettet werden konnten. Die Exemplare, die es noch gibt, sind zwar keine sechzig Meilen entfernt im British Museum ...«

»... aber unter Verschluss«, ergänzte Ward. »Und die Lektüre des Buches wird von sämtlichen religiösen Organisationen und auch den meisten Regierungen untersagt.«

»Versteht sich ...«, sagte Stokes. »Dann gibt es Übersetzungen in der Bibliothèque Nationale in Paris. Und eine in der Widener Library in Harvard, in der Bibliothek von Buenos Aires und in der Bibliothek der Miskatonic University in Arkham.«

»Wobei es Letztere gar nicht gibt, da sie nur eine Erfindung von Lovecraft ist«, sagte Ward.

»Richtig. Sie haben aufgepasst.« Stokes holte ein Blatt hervor. »Das ist eine Kopie, auf der Lovecraft handschriftlich die Geschichte des Necronomicons verfasst hat. Es war auf der Rückseite eines Briefs geschrieben, den er an das Park Museum in Providence an Dr. Fischer von der Brown University geschrieben hatte. William Bryant, der Direktor des Museums, hat dann zurückgeschrieben.«

»Lovecraft war ein großer Briefeschreiber?«, fragte Ward.

»Man geht von hunderttausend geschriebenen Briefen aus«, sagte Stokes.

»Und Dee?«, meinte Ward. »Er wird hier in diesem Buch erwähnt.« Er tippte auf das Buch aus dem Antiquariat. »Ebenso in Lovecrafts Geschichte über das ›Grauen von Dunwich‹. Da hat dieser Dämonensohn Wilbur doch eine englische Dee-Übersetzung.«

»Dee war Spiritist«, erklärte Stokes. »Er war aber auch Navigator unter der Renaissance-Königin Queen Elizabeth und hatte hofintern den Decknamen 007.«

»Kein Witz?«

»Nein. Aber anders als James Bond hatte er öfter noch Hilfe aus der Unterwelt. Angeblich soll er irgendwelche

Geister beschworen haben, die den Engländern beim Sieg in der Seeschlacht gegen die Spanische Armada geholfen haben.« Stokes holte tief Luft. »Er hat ein Buch über seine Begegnungen mit Geistern geschrieben, das ihm von seinem Leitgeist Salvah diktiert wurde. Ebenso wie Aleister Crowley sein *Liber Legis*, das Buch des Gesetzes, von seinem Leitgeist Aiwass diktiert bekam. Dee musste sich dafür häufiger beim Erzbischof von Canterbury als auch beim Papst entschuldigen. Und seine Schriften gibt es, anders als das Necronomicon, tatsächlich. Man kann sie alle in der British Library einsehen.«

Stokes blätterte in seinen Unterlagen. »Es gibt ein fiktives Necronomicon, das auf der Dee-Übersetzung basieren soll. Das hat Dee, laut den Herausgebern, am Hofe Elisabeths übersetzt.«

»Und das macht es unglaubwürdig«, sagte Stokes.

»Warum?«, fragte Ward.

»Weil Dee seine wildesten spiritistischen Spielchen am Hof von Kaiser Rudolf II. in Prag gespielt hat. Da wird oft vieles in einen Topf geworfen. In einer Ausgabe werden mit dem Necronomicon mal eben noch ›Die Goetia‹ sowie ›Der kleine Schlüssel Salomonis‹ mitgeliefert. Was überhaupt nicht zusammenpasst.«

»Verrückte Welt«, sagte Ward. »Viele Autoren würden alles dafür tun, dass ihre Bücher verkauft werden. Und hier recken sich alle die Hälse nach einem Buch, das es gar nicht gibt.«

»Ja, schon der Name Abdul Alhazred, der Autor des Necronomicons, ist prima«, sagte Stokes. »So hat sich Lovecraft als Kind selbst genannt, als er Tausendundeine Nacht gespielt hat. Da Lovecraft schon als kleiner Junge von Büchern magisch angezogen wurde, sagten alle, er habe viel gelesen. *Alhazred* heißt so viel wie *all has read*. Oder *has read all – Hat alles gelesen.*«

»So ist es ja auch bei den ganzen verbotenen Büchern aus Lovecrafts Kosmos«, sagte Ward, »›Ludvig Prynn: De Vermis Mysteriis‹ wurde vom ›Psycho‹-Autor Robert Bloch erfunden, der ein Freund von Lovecraft war, das ›Book of Eibon‹ von Clark Ashton Smith sowie ›Friedrich von Junzt: Unausprechliche Kulte‹ vom ›Conan‹-Erfinder Robert E. Howard, ebenfalls ein Kumpel von Lovecraft. Bei ›Comte d'Erlette: Cultes de Ghoules‹ handelt es sich ebenfalls um eine Erfindung von Robert Bloch, wenn auch um eine amüsante, denn ›Comte d'Erlette‹ ist kein anderer als ein französischer Vorfahre von Lovecrafts Freund und Nachlassverwalter August Derleth.«

»Richtig«, sagte Stokes. »Dass allerdings all diese Autoren um Lovecraft herum ihre imaginären Werke untereinander austauschten und auch noch mit realen Werken vermischten, macht es dem Leser natürlich nicht einfacher, Wahrheit und Fiktion zu unterscheiden.«

»Und dann«, sagte Ward. »Gibt es natürlich die Möglichkeit, dass die *Großen Alten* gar nicht existieren. Sollte aber das Necronomicon komplett publiziert werden, sofern das überhaupt möglich ist, werden sich eine Menge Magier daran machen, Hastur, Nyarlathotep und Cthulhu zu beschwören. Dann wird sicherlich klar werden, ob es die Großen Alten gibt oder nicht.«

Stokes stopfte seine Pfeife neu. »Ich weiß nicht, ob ich das erleben will. »Was aber diese ganzen Scharlatane gut vermischen, ist das Necronomicon, John Dee und das mysteriöse ›Buch von Enoch‹, ein Buch, das in einer Geheimsprache verfasst ist und bisher noch niemals entschlüsselt wurde. Einige behaupten, bei dem ›Liber Loagaeth‹, das Dee von seinem Leitdämon diktiert wurde, handele es sich in Wahrheit um das ›Buch von Enoch‹. Andere sagen, es hänge sogar mit dem Satansorden *Ordo Templi Orientis* zusammen oder den *Fraternitas Saturni*, wieder andere vergleichen es mit dem ›Voynich-Manuskript‹, das in Yale aufbewahrt wird und ebenfalls nicht zu entschlüsseln ist.«

»Und?«

Stokes zuckte die Schultern. »Das weiß selbst ich nicht. Das Ganze ist ein bisschen wie ein Frankenstein-Monster. Es lebt nicht wirklich, wird aber von anderen zum Leben erweckt.«

Ward blätterte durch die Seiten seines Buches. Bei vielen Randnotizen stand immer die Zahl 21.

»Professor Stokes, was hat die 21 zu bedeuten?«

»Möglicherweise ein Datum? Zeigen Sie mal.«

Stokes überflog die Seiten. »Neben der 21 steht auch immer etwas, das wie JF aussieht.«

»Und was soll das heißen?«

»In Verbindung mit der 21 ... Es könnte *Julfest* bedeuten?«

»Und was ist das?«

»Das Julfest ist das, was die Menschen heute Weihnachten nennen. Obwohl sie eigentlich wissen, dass es älter ist als Bethlehem und Babylon. Vielleicht älter als Memphis und die Menschheit.«

»Sie meinen das ägyptische Memphis, nicht das von Elvis Presley.«

»Ja, das antike Memphis. Die Stadt wurde im Jahr 3000 vor Christus gegründet und war zu der Zeit die Hauptstadt des alten Reiches von Ägypten.«

»Und das Julfest ... Die 21 ... Das ist dann der ...«

»21. Dezember. Auch bekannt als Wintersonnenwende. Der dunkelste Tag des Jahres.«

»Es sieht hier so aus«, sagte Ward. »Als ob man das Geheimnis des Berges nur am 21.12. sieht. Und das ist ...«

»Übermorgen!« Stokes nickte.

Ward schwante allmählich, was das bedeutete. »Wenn ich also dieses Geheimnis, was immer es ist, sehen will, muss ich in zwei Tagen auf dem Berg bei Bannockburn sein.«

»Logistisch ist das möglich«, sagte Stokes, »ich weiß nur nicht, was Ihre Frau so kurz vor Weihnachten dazu sagt.«

»Sie wird nicht begeistert sein. Aber egal, ich muss mit ihr reden.« Ward stand auf. »Je länger es dauert, bis ich nach Hause komme, desto schwerer wird die Diskussion. Ich muss los.«

»Vergessen Sie Ihren Koffer nicht. Steht der nicht noch in Trevors Buchladen?«

Ward schlug sich an den Kopf. »Den hätte ich in der Tat vergessen!«

»Dann mal los«, sagte Stokes, »und grüßen Sie Helen schön von mir.«

»Mache ich.« Charles Ward verließ die Wohnung von Stokes und überlegte schon, ob er Helen überreden sollte und wenn ja, wie er es anstellen konnte. Und in seinem Kopf war der schöne Spruch von Franz Kafka: *Ab einem gewissen Moment gibt es kein Zurück mehr. Das ist der Punkt, der erreicht werden muss.*

KAPITEL 8
**Wohnung von Helen und Charles Ward,
Oxford, 19. Dezember**

»Du willst jetzt zu diesem Berg von Bannockburn?«, hatte Helen beim Essen gefragt, als Ward die Idee aus dem Hut gezaubert hatte, dass er nicht nur zu dem Berg wollte, sondern das Ganze auch noch in zwei Tagen. Auf dem Tisch stand eine Flasche Rotwein, er goss ihnen beiden nach.

»Ich will nicht, ich muss.«

»Blödsinn, du musst gar nichts!«

»Aber meine Forschung!« Sie hatten den Brief von Kenny gelesen. Dort stand es leider schwarz auf weiß. Charles Wards Vertrag würde erst einmal nicht verlängert werden, und er sollte bei seinen Forschungsaktivitäten noch eine Schippe drauflegen.

Helen war aufgesprungen. Sie hatte in der Küche gestanden, die Hände in die Hüfte gestemmt und ihn vorwurfsvoll angeblickt. »Ich verstehe ja, dass du deine Forschung vorantreiben willst.«

»Das ist schon mal gut.«

»Aber ich wüsste nicht, dass Forschung heißt, kurz vor Weihnachten auf einen schottischen Berg zu klettern und zu hoffen, dadurch Professor zu werden.«

»Man weiß vorher nicht, ob es was nützt.«

»Kann auch sein, dass es gar nichts nützt, du dich nur lächerlich machst, es Schnee gibt und dich die Bergwacht holen muss und uns der ganze Spaß zweitausend Pfund kostet. Von deinem Preisgeld ist nicht mehr viel übrig, ich verdiene als Assistenzärztin auch nicht die Welt, und die Mieten in Oxford sinken nicht gerade.«

»Ich weiß, ich weiß ...« Ward wusste, dass sie recht hatte, aber er konnte diese Geschichten trotzdem nicht mehr hören. Wieder kam ihm der Spruch aus den »Canterbury Tales« in den Sinn: *But al be that he was a philosophre, yet hadde he but litel gold in cofre – Obwohl er Philosoph war, hatte er nicht viel Geld im Koffer.*

»Ich mache dir einen Vorschlag«, sagte Helen. »Wir sprechen morgen darüber. Heute Abend streiten wir uns sowieso. Und dann will ich wissen, ob ich einen Mann habe, der in der Vorweihnachtszeit zu Hause ist und sich um wichtige Dinge kümmert, oder einen, der meint, er müsse kurz vor Weihnachten ›Fünf Freunde auf dem geheimnisvollen Berg‹ spielen. Allerdings in der Solo-Version. *Ein Freund auf dem Berg!*«

Mit diesen Worten war sie ins Schlafzimmer gegangen. Ihre Schicht begann morgens früh um sieben Uhr.

Ward brütete in seinem Arbeitszimmer, und er konnte seine Augen nicht von dem Buch nehmen. Anstatt schlafen zu gehen und sich an seine Frau zu kuscheln, fummelte er an dem Einband herum. An einem seltsamen kleinen Schlitz am hinteren Einband. Er nahm eine Pinzette – und zog einen vergilbten Zettel heraus. Die Schrift war in der gleichen Farbe wie die mittlere Anmerkung. Aus dem 19. Jahrhundert. Auf dem Zettel standen folgende Worte:

Azathoth: Das Ur-Chaos, im Zentrum der Unendlichkeit, formlos und ungreifbar. Die Macht hinter der Dunkelheit, Anarchie, der Zerstörer von Gedanken und Formen. Die Antithese der Schöpfung. Der absolute negative Teil des elementaren Feuers. Astrologisch ist er dem Löwen zugeordnet in der Sternensphäre des versteckten Südens.

Ward blickte aus dem Fenster. Er löschte die Schreibtischlampe, um den Nachthimmel draußen besser sehen zu können. Ein wunderschöner Sternenhimmel spannte sich über das Firmament, wie ihn nur kalte Winternächte hervorbrachten. Ein paar Wolken, die keinen Schnee mehr mit sich führten, zogen einsam und rastlos über den Himmel.

Dann blickte er wieder auf den knittrigen Zettel. Es waren anscheinend die Großen Alten auf diesem brüchigen Stück Papier beschrieben. Ward las weiter. Der Nächste war ...

Yog Sothoth: Der Alles in Einem, Kronprinz von Azathoth, der Bringer des Chaos. Das Tor zu der Leere, durch die die Alten hindurchkommen werden. Die äußere Geisteskraft von dem, der für immer in absoluter Finsternis verschlossen werden muss. Die positive Manifestation des Feuers. Am Sternenhimmel ebenfalls im Zeichen des Löwen, besonders repräsentiert durch den Stern, den die Araber Al Kalb al Asad nennen und die Römer Cor Leonis, das Herz des Löwen – der in der Brust der Sternenbestie lebt. In der Welt ist seine Region der direkte Süden.

Ward kniff die Augen zusammen. Wenn das wirklich die Schrift aus dem 19. Jahrhundert war, wie konnte der Schreiber dann die Götter kennen, die der erst im Jahr 1890 geborene Lovecraft sich ausgedacht hatte?

Ward blinzelte. *Yog Sothoth ist das Tor,* hatte er irgendwo gelesen. Und auch in dem Text stand, dass Yog Sothoth das Tor war, durch das die Großen Alten die Welt, wie wir sie kennen, betreten würden. Denn sie waren nicht von dieser Welt.

Auf dem Zettel stand noch ein weiterer Name gekritzelt. Ward musste sich nahe heranbeugen, um etwas lesen zu können. Er überlegte, ob er das Licht ausschalten und das Herz des Löwen am Sternenhimmel suchen sollte, entschied sich dann aber dagegen.

Der nächste Name erschien ihm umso bekannter.

Nyarlathotep: Das Kriechende Chaos, der Äther, der zwischen den Großen Alten wabert. Die Manifestierung ihres gemeinsamen Willens. Ihr Bote und Diener, der in der Lage ist, in jeder Form, an jedem Ort und zu jeder Zeit zu existieren. Astrologisch bildet Nyarlathotep die Milchstraße ab, dieses nebulöse Band, das sich über den Himmel mit 63 Grad zum himmlischen Äquator erstreckt und den Rand unserer Galaxie zeigt. Die frühen Akkadier sahen im blassen Licht der Milchstraße die Große Schlange, für die Polynesier war es der lange, blaue und wolkenfressende Hai, für die Inder der Nag'avithi – der Pfad der Schlange.

Ward merkte, wie ihm kalt wurde. Dabei war die Heizung angestellt. Es waren noch zwei Namen auf der Liste. Der erste war ...

In diesem Moment klingelte es an der Tür. Ward zuckte so heftig zusammen, dass es sich für einen Moment so anfühlte, als sei sein Herz ein Planet, den es soeben aus seiner Umlaufbahn katapultiert hatte.

KAPITEL 9
Vor langer Zeit

Kundschafter sprachen von einer gewaltigen Armee, die sich aus den Schwarzen Bergen nach Süden bewegte, eine Schneise der Vernichtung hinter sich lassend. Ein halb verrückter Botschafter war an den Hof von Ta'Ghar getaumelt, der mit wild schäumendem Mund wirres Zeug von einer Armee der Toten faselte, die gekommen war, um das Blut der Lebenden zu vergießen, bevor er sich mit von Wahnsinn verzerrten Augen in sein eigenes Schwert stürzte. Höfe und Dörfer wurden vernichtet und verbrannt, Burgen und Festungen zu Staub zertrümmert, und alle Vögel, Tiere und Menschen flohen in Panik gen Süden. Der Hofmagier von Ta'Ghar hatte das Unheil schon viel früher prophezeit, nur hatte ihm da noch keiner geglaubt. Er sprach von einem riesigen Schatten, der nach seiner Seele griff, der Schatten eines uralten Bösen, das aus rauchenden Grüften der Vergessenheit entstieg. Der *Vergessene König* wurde er genannt, doch seinen wirklichen Namen wusste niemand.

Konnte eine Seele wirklich so stark sein, dass sie den Tod besiegte? Konnten die Knochen ohne Fleisch ein Schwert führen, wenn nur der Wille stark genug war?

Es gab ihn, bevor es uns gab.

Er schlief Jahrhunderte.

Jetzt wacht er auf.

Jetzt wacht er auf, dachte Seamus. Vielleicht besser: *Jetzt wacht es auf.* Nachdem es geschlafen hatte.

Aber waren nicht alle in einem Schlaf gefangen, von dem sie gar nichts merkten, schweigend und dennoch sprechend, gelähmt und dennoch gehend, tot und dennoch träumend? Am Morgen des Tages hatte Seamus'

Sohn vom höchsten Turm mit seinen kleinen Fingern nach Norden gezeigt.

»Sieh dort, Vater, ein großer Sturm kommt.«

»Ich weiß«, hatte Seamus geantwortet.

Wusste er es wirklich? Ein Sturm, ein Unwetter, vielleicht hatte sein Sohn recht. Ein Sturm stand immer für den Wandel. Er konnte die Segel eines Schiffes ergreifen und es auf den richtigen Weg bringen, sodass es schnell auf seinen Schwingen dahinfuhr und die sichere Heimat erreichte, oder er konnte das Schiff kalt und unbarmherzig an den Klippen zerschellen lassen.

Er wusste nicht, welches Grauen vor ihm wartete.

Er wusste aber, wer hinter ihm stand.

KAPITEL 10
Wohnung von Helen und Charles Ward,
Oxford, 19. Dezember

Ward ging nach unten an die Tür und hoffte, dass Helen nicht wach geworden war. Doch er hörte schon ihre verschlafene Stimme aus dem Schlafzimmer. »Wer ist das?«

»Ein Student«, log er, obwohl er nicht wusste, wer dort war. »Will ein Paper abgeben«, flüsterte er dann Richtung Schlafzimmertür. »Ich gehe schon.«

Vor der Tür ein kleiner Umriss. *Mit dem werde ich schon fertigwerden*, dachte Ward.

Dem Mann, der dort stand, fielen die Haare tief in die Stirn. »Ich habe dich beim Lesen gestört«, sagte er statt einer Begrüßung. Der Mann hatte eine Art, beim Sprechen die Luft durch die Zähne und an seinem kurzen, struppigen Bart vorbeizischen zu lassen. Auf der Nase eine Brille mit schwarzen Gläsern, die seine Augen unsichtbar machten.

»Kenne ich Sie?«, fragte Ward, trat unwillkürlich einen Schritt zurück und war kurz davor, die Tür wieder zu schließen.

»Es fehlt noch Hastur auf deiner Liste«, sagte der Mann. »Der Wanderer auf dem Wind, der, dessen Name nicht genannt werden darf. Entspricht dem Sternbild des Wassermanns und dem Osten des Sternenhimmels.«

Ward erstarrte. Hastur war tatsächlich der nächste Gott, der auf der zerknitterten Liste aus dem Buch stand. »Woher wissen Sie ...?«

»Und Cthulhu, Sternbild des Skorpions. Seine Richtung ist der Westen, der Ort der Dunkelheit und im alten Ägypten der Ort des Todes.«

»Hören Sie, es ist spät. Wenn Sie mir nicht sagen, was Sie wollen, schließe ich die Tür. Oder ich hole gleich die Polizei.«

»Der Letzte ...«, sagte der Mann.

»Der Letzte?«

»Shubb Niggurath«, sagte er. »Schau in dein Buch. Auf den Zettel. Das Buch, das du bei Trevor gekauft hast.«

Ward merkte ein Ziehen in seinem Magen. Langsam wurde die Sache unangenehm.

»Shubb Niggurath«, leierte der Mann weiter, »die Ziege mit den tausend Jungen. Die schwarze Ziege der Wälder. Die Göttin des Hexensabbaths. Sternbild des Stieres, und ihre Richtung des Himmels ist der Norden.«

Ward fragte sich, woher dieser Typ von dem Buch wusste, warum er jetzt, heute Nacht, hier auftauchte oder ob er sich das alles nur einbildete. *Wahnsinn heißt, dass etwas mit dem Beobachter nicht stimmt, nicht mit dem, was er beobachtet,* hatte er mal irgendwo gehört.

»Wenn Sie mir nicht sofort sagen, was Sie wollen ...«

»Kannst auch *du* sagen.«

»Ich verzichte gern.«

»Trevor schickt mich.«

»Warum kommt er nicht selbst?«

»Wir wissen, dass du dich entschieden hast.«

»Wozu?«

»Zum Julfest auf den Berg zu gehen. Am dunkelsten Tag des Jahres. Das Julfest. Das die Menschen Weihnachten nennen. Obwohl sie wissen, dass es älter ist als Bethlehem und Babylon, älter als Memphis und die Menschheit ...«

Dasselbe hatte auch Stokes gesagt ...

»Hier!«

Der Mann reichte ihm mehrere brüchige Blätter. Ähnlich denen, die auch in dem Buch der »Landschaft von Bannockburn« versteckt waren und auf denen *Die Großen Alten* beschrieben wurden.

»Nehmen Sie«, zischte der Mann.

»Na gut.« Ward nahm einen Zettel, vielleicht, weil der

Mann ihn auf einmal siezte, aber er nahm ihn mit spitzen Fingern, als würde er sich mit allen möglichen Krankheiten infizieren, sobald er die Blätter anfasste. Er faltete mit zitternden Händen das Papier auseinander. Die Sprache war alt. Genauso wie die Schrift.

Hernach müssen sie daß geiße hals abschneiden tzieen daß haut ab und dien daß fleisch ihm feyer nein.

Danach müssen Sie der Zicke den Hals abschneiden, ziehen die Haut ab und tun das Fleisch ins Feuer.
Dann war da noch eine Beschwörungsformel.

Ich gebe dir das tier, o großer adonay, elohim, ariel und jehova, daß in ehre und stolz der allmächtige und oberste gestalt aller geister will dann, o großer adonay, vorlieb nehmen, amen.

Das Ganze war in altertümlicher Sprache abgefasst. Darunter eine Liste:

Luzifer, Kaiser
Beelzebub, Prinz
Astaroth, Fürst
Lucifuge Rofocale, Premierminister der Hölle
Satanachia, General
Agaliarept, General
Fleurèty, Oberstleutnant
Sargatanas, Brigadier
Nebiros, Feldmarschall

Ward atmete tief ein.
Dann blickte er auf, um den Mann zu fragen, warum er von alldem wusste.
Aber der Platz vor der Tür war leer.
Der Mann war verschwunden.

KAPITEL 11
**Wohnung von Helen und Charles Ward,
Oxford, 19. Dezember**

Ward saß schwer atmend in seinem Arbeitszimmer, das Buch auf seinen Knien, wie ein Kind, das er nie mehr hergeben würde. Was hatte der Mann gesagt?

Es war die Zeit des Julfestes, das die Menschen Weihnachten nennen, obwohl sie wissen, dass es älter ist als Bethlehem und Babylon, älter als Memphis und die Menschheit ... Ja, genau das hatte auch Richard Stokes gesagt.

Der 21. Dezember. Übermorgen! Was würde er dann finden? Und woher wusste dieser alte Typ, was er gerade gelesen hatte? Er griff vorsichtig nach dem zerknitterten Zettel, auf dem die Namen der Großen Alten geschrieben waren. Er las sie noch einmal. Sie waren unaussprechlich und wahrscheinlich reine Fantasiegebilde aus der Feder des Horrorautors H. P. Lovecraft, der Providence so gut wie nie verlassen hatte, heute als rassistisch galt und wahrscheinlich ein paar Albträume zu viel gehabt hatte. Aber die Namen ... Sie waren zweifellos unheimlich.

Azathoth, Yog Sothoth, Nyarlathotep, Hastur, Cthulhu, Shubb Niggurath ...

Ward öffnete eine Seite des Buches, und sein Blick blieb bei einem Namen hängen:

Douglas der Schwarze, stand dort. *Er kämpfte gegen den Schrecken aus dem Norden.*

Er las weiter. Gab sich Mühe, das altertümliche Englisch und die teilweise verwischten Lettern auf dem brüchigen Papier zu entziffern.

So war Seamus – the Black – Douglas der am meisten gefürchtete Ritter Schottlands. Er stand im Dienste von Robert the Bruce, und seine Strategie, sein Kampfeswille und die Angst, die seine Feinde vor ihm hatten, halfen dabei, dass die Schotten die Schlacht gegen die Engländer gewannen. Auch wenn manche Schotten ihn den »guten Seamus« oder »James« nannten, so wussten doch viele, dass Angst und Schrecken seine Waffen waren. Schrecklich im Kampf, unerbittlich zu seinen Feinden, war er sogar eine Albtraumgestalt, mit der man kleine Kinder in Northumbria und Cumbria in den Schlaf sang:

Hush ye, hush ye, little pet ye,
Hush ye, hush ye, do not fret ye,
The Black Douglas shall not get ye ...

Schlaf nun, schlaf nun, Kleines
Schlaf nun, schlaf nun, mach dir keine Sorgen
Der Schwarze Douglas wird dich nicht kriegen ...

Es gelang Seamus the Black, Roxburgh Castle, das als uneinnehmbar galt, einzunehmen. Ebenso kämpfte Douglas bei Bannockburn. Er verfolgte die Truppen von Edward II. und war ihnen dermaßen auf den Fersen, dass der König und seine Gefolgsleute nicht einmal anhielten, um Wasser zu lassen.

Lächelnd las Ward weiter.

Gemäß den Chroniken von Barbour hat Seamus Douglas 57 Schlachten gewonnen und nur 13 verloren – wobei die 13 keine Niederlagen, sondern taktische Rückzüge waren.

Taktische Rückzüge, dachte Ward. Wenn er jetzt in die schottischen Berge ging, anstatt ernsthaft zu forschen, um seine Professur zu bekommen, war das dann auch ein taktischer Rückzug? Er las weiter.

Als Robert the Bruce starb, versprach er seinem Herrn, dessen Herz in die Auferstehungskirche in Jerusalem zu bringen. Doch dazu kam es nicht. Denn Seamus Douglas, der schwarze Ritter, der keine Narben hatte, weil derjenige, der nahe genug an ihn herankam, um ihm Narben zuzufügen, meist vorher starb, fand selbst den Tod. Er wollte Castle Berwick einnehmen und er schwor sich: Bevor ich auf Castle Berwick verzichte, verzichte ich lieber aufs Paradies.

Als Seamus Douglas starb, wurden seine Knochen vom Fleisch gekocht und aufbewahrt. Sein Herz wurde, ebenfalls wie das von seinem Herrn Robert the Bruce, aufbewahrt und als Reliquie verehrt. Es liegt noch heute in der St. Bride's Kirk. Das Herz, aus dem Seamus Douglas seinen Mut, aber auch seinen unerbittlichen Kampfgeist schöpfte, nennen die Schotten bis heute »das mutige Herz« – »Braveheart«.

Braveheart, dachte Ward. Er ging zum Regal und holte einen großen Folianten über schottische Kirchen hervor. Die meisten Fotos darin waren noch schwarz-weiß und stammten aus den Fünfzigerjahren. Es war fast zwei Uhr morgens.

KAPITEL 12
Vor langer Zeit

Die Armeen von Ta'Ghar waren in Schlachtposition aufgestellt, Banner wehten im Wind, Lanzen, Speere und Schwerter richteten sich gen Himmel und blitzten im Sonnenlicht wie ein Wald aus Stahl, bereit, die Armeen des Nordens zu empfangen. Seamus' Blick glitt über die Reihen.

Rechts von ihm saß Yrion Langbogen still und nachdenklich auf seinem weißen Pferd, Bogen und Pfeil griffbereit. Er, von dem man sagte, dass er ein Abkömmling der Elfen sei, die vor Jahrtausenden die Wälder bewohnten, war ein Meister des Bogens und konnte einem Falken im Sturzflug auf hundert Meter Entfernung durch das Auge schießen.

Baldwin, der Barde, war hinter ihm. Sein blondes Haar wehte im Wind. Seine Stimme und seine Laute konnten selbst den Steinen Tränen entlocken, doch heute war er in Kettenhemd und Panzerung gekleidet, und ein Schwert hing an seiner Seite.

»Heute wird kein Lied über meine Lippen kommen«, hatte er gesagt, als sie am Morgen die Burg durch das Hauptportal verlassen hatten, »denn heute werden wir keine schmeichelnden Minnelieder singen, die die Herzen mit Wärme erfüllen, sondern eine donnernde Symphonie des Stahls. Wir singen ein Lied, das auf dem Sturm von den Furien der Rache und des Krieges gespielt wird, und empfangen unsere Feinde mit einer Hymne des Hasses.«

Auf der anderen Seite saß Aildrik auf seinem gewaltigen, gepanzerten Kriegsross. Er war der Kommandant von Seamus' Leibwache, der Elitetruppe von Ta'Ghar, und wohl der stärkste Krieger, den Seamus kannte. Er, der seine

Hand ins Feuer hielt, um allen zu zeigen, dass er gegen Schmerz gänzlich unempfindlich war, er, der das Kreuz seiner Gegner über seinem Knie zerbrach wie trockenes Feuerholz und der behauptete, er hätte vor gar nichts Angst, ja selbst Aildrik schaute unsicher gegen den nördlichen Horizont.

»Ein Mann mit Macht hat nichts zu fürchten«, sagte er immer, doch Stärke war nichts Absolutes, und wer wusste, welche Macht ein Wesen hatte, das Jahrhunderte überlebt hatte, brodelnd und nagend in unendlichem Hass?

Ja, selbst Aildrik der Riesentöter, wie sie ihn nannten, war unsicher.

KAPITEL 13
**Wohnung von Helen und Charles Ward,
Oxford, 20. Dezember**

Ward bewegte sein Gesicht näher an die Abbildung der Grabsteine der St. Bride's Kirk heran. Schließlich nahm er dafür sogar eine Lupe zur Hand und kam sich damit sehr altmodisch vor. Einige der Grabsteine waren umgefallen, andere standen etwas schräg und von Wetter und Regen gebleicht auf dem nassen Rasen vor der Kirche. Auf dem Kirchturm ein Wetterhahn, vor dem Eingang ein riesiges, steinernes Kreuz und ein wuchtiger Grabstein.

Ward war, als wäre er schon einmal dort gewesen, doch er konnte sich nicht erinnern, jemals auch nur in der Nähe von Bannockburn oder der St. Bride's Kirk gewesen zu sein. Er suchte unter all den Schwarz-Weiß-Aufnahmen eine mit dem großen Grabstein und dem Kreuz. Unter dem Kreuz eine kauernde Figur. Er erkannte die Form wieder. Es war der Satan nach Milton. Stokes hatte einmal in einem Seminar davon erzählt. Stilistisch gesehen, hatte Stokes gesagt, erhält bei Milton das Böse endgültig den Glanz gefallener Schönheit: eine Aura von Schwermut, Tod und Einsamkeit. Alles Blut, aller Gestank und alles Feuerspeien des Mittelalters, ja all die Überreste dieser finsteren Dämonengestalt aus dem Mittelalter waren hier verschwunden.

Ward dachte an die schönen Zeiten seiner Doktorarbeit zurück. Er hatte Miltons »Paradise Lost« gelesen und die Figur des Satan studiert. Satan war dort nicht nur der gefallene Engel Luzifer, sondern der Rebell, der seinen dämonischen Armeen die Wiedererlangung des verlorenen Paradieses verspricht. Er kehrte die positive Energie, die Satan vorher als Luzifer hatte, in eine negative Energie um, die dennoch erhaben war. Eine Art dunkles Licht, hatte Stokes gesagt.

Ward versuchte, das Bild des Grabsteins und die Schrift darauf mit der Lupe zu vergrößern, aber es wollte kaum gelingen. Ihm spukten die Worte von Stokes und die Gespräche damals im Hörsaal im Kopf herum, und er wusste nicht, warum er sich nun gerade daran erinnerte und nicht an Dinge, die wirklich wichtig waren. Er merkte, dass er kurz davor war, einzunicken.

Miltons Satan, hatte Stokes gesagt, *ist der ewige Rebell der Kulturgeschichte, hasserfüllt in seinem Aufruhr und melancholisch in seinem Scheitern. Dies brachte den französischen Romantiker Baudelaire dazu, in dem Milton'schen Satan den vollkommensten männlichen Schönheitstypus zu sehen, den es gegeben hat. Er hat Schönheit, Willenskraft, Stärke – und selbst Erhabenheit im Scheitern.*

Hat er auch eine Telefonnummer?, hatte eine Studentin gefragt.

Klar, hatte Stokes gesagt, *666 ohne Vorwahl.*

Ward schreckte auf. Er war von seinem eigenen Schnarchen wach geworden. Sein Blick zuckte zurück zu dem riesigen Bildband. Das Kreuz starrte ihn an, wie ein Urteil, ein Gesetz.

Jetzt sah er den Spruch auf dem Grab. Und schrieb ihn mit zitternden Fingern auf.

In girum imus nocte et consumimur igni.

Ward fuhr sich durch die Haare. Sein Latein war zwar schon ein wenig eingerostet, aber er wusste ungefähr, was das heißen sollte.

Wir gingen des Nachts im Kreise und wurden vom Feuer verzehrt.

Was zum Teufels sollte das bedeuten?, dachte er. Er stapfte zu seinem Schrank, nahm eine Flasche Bowmore und schenkte sich einen Schluck in ein benutztes Glas ein. Tallisker Whisky mochte er eigentlich noch lieber, doch der stand unten, und er war zu faul, nach unten zu gehen. Außerdem, auch wenn er es nicht zugeben wollte, zog ihn nach der Begegnung mit dem seltsamen Mann mit dem struppigen Bart, der plötzlich verschwunden war, wenig nach unten; jedenfalls nicht, solange es noch dunkel war.

Er blätterte die Seiten um.

Und sah die Übersicht. Die drei Männer, die das Buch an den Seitenrändern kommentiert hatten.

1730: Stuart Walter
1840: William Bones
1950: Jonathan Locke

Er nahm die Lupe erneut zur Hand. Stellte die Schreibtischlampe auf volle Stärke. Dann schaute er noch einmal auf den Grabstein. Da war die Schrift, die er bereits die ganze Zeit gesehen hatte. Die Schrift auf dem Grabstein.

In girum imus nocte et consumimur igni.

Wir gingen des Nachts im Kreise und wurden vom Feuer verzehrt.

Und da war noch etwas. Was seine Augen oder sein Bewusstsein vor ihm verborgen hatten: ein Geburtsdatum und ein Sterbedatum.

*7. Oktober 1700   †21. Dezember 1730

Er musste hinschauen, obwohl er schon ahnte, nein, obwohl er wusste, welcher Name auf dem Grabstein stand.

Es war *Stuart Walter*.

KAPITEL 14
**Wohnung von Helen und Charles Ward,
Oxford, 20. Dezember**

Ward schluckte. Es war zwanzig Minuten nach zwei Uhr morgens. Verdammt, morgen wollte er eigentlich früh aufstehen. Er stand nicht so früh auf wie seine Frau, die, wenn sie Frühschicht hatte, spätestens um 6 Uhr in der Küche Kaffee machte, aber ewig in den Tag hinein zu schlafen würde morgen nicht möglich sein.

Aber der Name auf dem Grabstein und der Name in dem Buch ... Konnte das Zufall sein?

Er beugte sich über seinen Laptop und googelte den Namen.

Stuart Walter.

Davon gab es natürlich Hunderte, wenn nicht Tausende. Er grenzte die Suche ein.

Stuart Walter, Bannockburn
Stuart Walter, St. Bride
Stuart Walter, Seamus Douglas

Beim letzten Versuch fand er eine Seite, die von dem schwarzen Ritter Seamus Douglas handelte, der im Dienst von Robert the Bruce gestanden hatte. Neben dem Bild des Ritters ein Foto. Altmodisch, ein bisschen wie eine Mischung aus Gemälde und früher Fotografie. *Stuart Walter* stand darunter. Neben dem Foto ein grüner Punkt. Wie ein Anruf-Button bei einem Skype- oder Zoom-Telefonat.

Er wusste nicht, warum er es tat, aber er drückte auf den grünen Knopf. Was sollte passieren?

Du kannst nicht mehr mit mir sprechen ...

Hatte er die Worte gehört?

Hatten sich die Lippen bewegt?

Er atmete tief durch und schaute auf das Bild.

Nichts.

Ward, es wird spät, sagte er zu sich selbst und trank noch einen Schluck von dem Whisky.

Dennoch schlug sein Herz, sodass er es selbst hörte. Es war wie ein Zoom-Telefonat. Als hätte er mit diesem Menschen auf dem Gemälde oder Foto gesprochen. Was war das? Ein Zoom-Call ins Jenseits?

Du kannst nicht mehr mit mir sprechen, hatte die Stimme gesagt. Oder auch nicht gesagt. Klar, dachte Ward, weil er bei der St. Bride's bestattet war. Am 21. Dezember gestorben, dem dunkelsten Tag des Jahres.

Er schaute auf den Bildschirm. Die St. Bride's Kirk! Vielleicht würde er im Internet aktuellere Bilder finden als die, die in dem alten Bildband waren?

Er gab den Suchbegriff *St. Bride's Kirk* in die Suchmaske ein. Er fand die Stelle auf Google Maps, in South Lanarkshire, ungefähr gleich weit von Glasgow und Edinburgh entfernt. Etwa eine Stunde mit dem Auto südlich von Bannockburn.

Er zoomte näher an die Grabsteine an der St. Bride's Kirk heran. Die Bilder wie in dem Bildband. Es hatte sich kaum etwas verändert. Einige Steine waren umgefallen, andere standen etwas schräg auf dem Rasen wie abgebrochene Zähne eines Riesen. Es gab bei Google einige detaillierte Aufnahmen.

Auch hier der Spruch auf dem Grabstein.

In girum imus nocte et consumimur igni.

Wir gingen des Nachts im Kreise und wurden vom Feuer verzehrt.

Er kam sich vor wie in einem Déjà-vu. Wieder der Grabstein, der kauernde Teufel, der lateinische Spruch. Vor etwa einer halben Stunde hatte er sich dazu einen Whisky eingeschenkt. Aber das würde er jetzt nicht machen.

Er schaute in das Buch.

Die drei Namen.

1730: Stuart Walter
1840: William Bones
1950: Jonathan Locke

Der Bildband war aus dem Jahr 1950. Er zeigte, dass Stuart Walter hier begraben war. Der Erste, der sich aufgemacht hatte und am 21. Dezember gestorben war. Welche Details würde er bei Google noch finden? Doch da war kein Grabstein, dessen Schrift er erkennen konnte.

Verdammt, dachte er.

Er landete auf einer Seite, auf der man sich Gräber anschauen konnte. Das Ganze war sogar mit Familien- und Ahnenforschung verknüpft. Wollte man weit in die Vergangenheit, musste man Geld bezahlen. *Was soll's*, dachte er, *Forschung kostet halt Geld!*

Er gab seine Kreditkartennummer ein, wurde freigeschaltet und scrollte durch die Verzeichnisse des Friedhofs der St. Bride's Kirk. Er schaute noch einmal auf das Buch. Auf die drei Namen.

Dann schaute er auf den Bildschirm.

Das Geburts- und Sterbedatum:

*21. Mai 1810   †21. Dezember 1840

Er kniff die Augen zusammen.

Das Datum war ein anderes. Über hundert Jahre später!

Aber es war wieder der 21. Dezember!

Und dann sah er den Namen.

Der einzige Name auf dem Grabstein.

Aber der zweite Name in seinem Buch.
William Bones.
Ein anderer Name. Er war später gestorben. Aber jetzt stand ein neuer Name auf dem gleichen Grabstein. Oder waren es verschiedene Grabsteine? Er verglich die Grabsteine in dem Buch und auf dem Bildschirm. Nein, es waren die gleichen.

Er hörte die Stimme.
Charles!
Er tat es, obwohl alles in ihm sich dagegen sträubte.
Ging auf die Seite von Seamus Douglas und suchte das Bild von Stuart Walter.
Er sah das Gesicht.
Blinzelte.
Er konnte es nicht genau erkennen, aber ... war es sein eigenes Gesicht, das er dort sah?
Charles!
Wieder die Stimme!
Doch das Gesicht sah anders aus.
Nicht mehr wie Stuart Walter.
Sondern wie ein anderer Mann.
Vielleicht wie William Bones?
Der grüne Knopf leuchtete.
Instinktiv drückte er mit der Maus auf den grünen Knopf.
Charles, sagte die Stimme.
Komm zu uns!
Charles! Charles! Charles! Charles!
Chaaaarles!!!

KAPITEL 15
Vor langer Zeit

Vielleicht, dachte Seamus, würden sie sich alle nie wiedersehen, vielleicht war das der Tag, an dem die Ta'Ghar-Dynastie endete, und niemand würde überleben, um von ihrer Niederlage zu erzählen.

Isenhall, die gewaltige Festung, der Sitz des Königs, mit ihren majestätischen Türmen, starken Mauern, wehenden Bannern und den vielen verwinkelten Gängen, in denen er als Kind Verstecken gespielt hatte – würde er sie je wiedersehen?

Amarill, die Königin von Ta'Ghar, erschien vor seinem geistigen Auge, die schönste Frau, die er kannte. Er erinnerte sich genau an den Tag, als sie sich verliebten, so, als sei es gestern gewesen. Sie waren durch die Hügel und Niederungen am Fuße des Berges Alderon spazieren gegangen. Der Winter hatte das Land aus seinem eisernen Griff entlassen, und die schmeichelnde Brise des Frühlings flüsterte verheißungsvoll zwischen den Bäumen. Wie eine Elfenprinzessin aus dem Märchen sah sie aus, gekleidet in Weiß wie der Schnee, ihr Haar glich den Strahlen der Morgensonne, ihre Augen jedoch dunkel und geheimnisvoll, wie Diamanten im Mondlicht. Es war an diesem Tag, als das Eis in den Bergen schmolz und die Vögel aus dem Süden zurückkehrten, als sich ihre Lippen zu ihrem ersten Kuss trafen.

Vielleicht hatten sich heute Morgen ihre Lippen zum letzten Mal getroffen, heute Morgen, bevor er in die Schlacht geritten war. Er war sicher, dass er Amarill mehr liebte als alles andere auf der Welt, aber war die Liebe allein fähig, Jahrhunderte oder gar Jahrtausende zu überleben, war sie fähig, den Tod zu überstehen? War Hass nicht das stärkere Gefühl? Waren es nicht Hass und der Wille zur Rache, die einen Mann zu großen Taten und sogar zur Unsterblichkeit führten? War es wirklich möglich, jemanden zu lieben, oder liebte man nur die Gefühle, die diese Person bei einem auslöste und die man mit Liebe verwechselte? Hass war viel weniger egoistisch als die Liebe, denn sein einziges Ziel war die Zerstörung der gehassten Person.

Zweifel nagten an Seamus' Verstand, als er weiter angestrengt nach Norden blickte, wo sich der Nebel immer dichter und bedrohlicher auftürmte.

KAPITEL 16
**Wohnung von Helen und Charles Ward,
Oxford, 20. Dezember**

Charles, Charles, Charles, Charles ...!
Er spürte die Hände, die an ihm zerrten.

»Charles, was ist denn los?« Es war nicht die Stimme eines unheimlichen Mannes von der Website oder von dem Friedhof. Es war die Stimme seiner Frau Helen, die er hörte.

Sie nannte ihn wieder Charles. Also war es ernst.

»Was machst du hier die ganze Nacht?«, fragte Helen. »Warum liegst du hier auf dem Boden?«

Er blickte sich um. Die Müdigkeit lag wie ein Klumpen Blei auf seinem Kopf.

Er lag tatsächlich auf dem Boden, hatte sich sein Sakko als Decke übergeworfen und von der Couch in seinem Arbeitszimmer ein Kissen gegriffen und unter seinen Kopf gestopft.

»Charles, was ist los mit dir?«, fragte Helen.

»Wie spät ist es denn?«

»Fünf Uhr dreißig. Ich wollte gleich aufstehen und habe gesehen, dass du immer noch nicht ins Bett gekommen bist. Ich weiß, dass du gestern Nacht noch mit irgendjemandem an der Tür geredet hast.«

Der Mann mit den zischenden Lauten, dachte Charles, der ihm die Beschwörungsformel gegeben hatte. Davon sollte Helen am besten gar nichts erfahren.

»Ja, ich hatte viel zu tun.«

»Mit dem Buch von gestern?«

»Unter anderem.«

»Das Buch scheint dir sehr wichtig zu sein.«

»So ein Quatsch!« Ward kam sich vor wie Gollum, dem man auf seine Liebe zu dem Ring ansprach.

»Und darum nimmst du es mit ins Bett?« Helen konnte sich ein Lächeln nicht verkneifen.

»Wie, mit ins Bett ...?« Er drehte sich um. Neben ihm, halb unter ihm, lag das Buch über die Landschaft von Bannockburn. Es sah tatsächlich so aus, als hätte er es mit ins Bett genommen. Auch wenn die improvisierte und unbeabsichtigte Schlafstatt unter seinem Schreibtisch sicher alles andere als ein Bett war. Er nahm das Buch und legte es auf den Schreibtisch. Dann erhob er sich langsam. In seinem Kopf drehte sich alles.

»Im Bett hättest du besser geschlafen«, sagte Helen, »ich hole dir einen Kaffee.«

»Das ist nett.«

Ward merkte, dass es ihm schwerfiel, sein Gleichgewicht zu finden.

Als er nach unten in die Küche getaumelt war, stand der große Kaffeebecher vor ihm. Helen packte gerade ihre Tasche.

»Musst du los?«

»Ja, muss ich. Und wir sprechen heute Abend. Du hast mir eine Heidenangst eingejagt. Und dann auf dem Boden zu schlafen. Das ist doch enorm unbequem.«

»Ja, bei dir im Bett wäre es schöner gewesen.« Ward trank in langsamen Schlucken von dem heißen Kaffee. Er musste lange sehr schief gelegen haben. Sein Rücken schmerzte. Wenn die Nacht ihm auch nur wie wenige Sekunden vorgekommen war. Er erinnerte sich dunkel an das Bild auf dem Monitor. Den grünen Knopf, so als ob man jemanden anrufen wollte. Das Gespräch. Das Rufen seines Namens. *Charles, Charles, Charles ...*

Doch am Ende war es doch Helen, die gerufen hatte? Das war doch sie gewesen?

»Ich muss los«, sagte Helen und gab ihm einen schnellen Kuss.

»Wohin?«

»Wohin?« Helen verdrehte die Augen. »In die Klinik! Außerdem gab es einen Brand in der Stadt. Zum Glück kein großer Schaden. Ein Verletzter. Den muss ich mir anschauen. Er ist mit Rauchvergiftung im Krankenhaus.«

»Ein Brand?«

»Ja, ein Buchladen.«

»Ein Buchladen? Doch nicht etwa ...«

Helen sah ihn verwundert an. »Warst du nicht gestern in einem Buchladen?«

»Ja. Trevor's Bodleian Book Shop.«

Helen zog die Brauen zusammen. »Kann sein, dass er das ist. Ich sehe den Patienten gleich. Er hat zum Glück nur eine Rauchvergiftung. Und jetzt muss ich los!«

Ward wartete drei Minuten. Dann zog er sich hektisch an, stürzte den Kaffee hinunter und verließ ebenfalls das Haus.

KAPITEL 17
Bodleian Bookshop, Oxford, 20. Dezember

Es *war* Trevors Buchladen.

Der Eingang war von der Feuerwehr abgeschirmt. Drinnen verkohlte Regale und Löschschaum. Feuerwehrleute, die durch das Gebäude stapften. Die Tür war aufgebrochen, damit der Löschtrupp in das Haus konnte. Im vorderen Bereich schwarze Regale, die vor Nässe tropften.

Verdammt, dachte Ward, *all die schönen Bücher.*

»Sie dürfen hier nicht rein«, sagte einer der Feuerwehrmänner.

»Verzeihen Sie, ich war ein sehr guter Kunde. Oder bin es hoffentlich noch immer. Ich hoffe ja, dass der Laden wieder eröffnet.«

»Das ist gut möglich. Im hinteren Bereich ist zum Glück nichts passiert. Wir sind schnell genug gerufen worden.«

»Wie ist das passiert?«

»Sieht nach Brandstiftung aus. Jedenfalls dubios.«

»Warum?«

»Eigentlich darf ich Ihnen das nicht sagen, aber Nachbarn haben das Feuer gesehen.«

»Und auch den Brandstifter?«

»Nicht wirklich. Die Polizei wird nachher eine Personensuche bekannt geben. Angeblich ein etwas gedrungener Kerl mit struppigem Bart.« Er schaute nach oben. »Ein komischer Kerl«, sagte er dann, »trug mitten in der Nacht eine total schwarze Brille.«

Ward schluckte und spürte einen beißenden Kloß in seiner Kehle. Wie Säure. Dem Feuerwehrmann war das nicht entgangen. »Kennen Sie den?«

»Nein, nein, gar nicht. Ich ... habe mich nur verschluckt.« Ward räusperte sich demonstrativ. »Hat man sonst noch etwas gesehen?«

Der Mann mit dem Bart, dachte er.

Der Feuerwehrmann sprach weiter. »Dann ist jemand gekommen und hat versucht, das Feuer eigenmächtig zu löschen. Als wir kamen, haben wir ihn gefunden. Bewusstlos. Rauchvergiftung. Hätte nicht viel gefehlt, und er wäre gestorben. Kohlenmonoxid ist eine üble Sache.«

»Hieß dieser Mann Trevor? Trevor Jones?«

»Das darf ich Ihnen nun wirklich nicht sagen, aber warum versuchen Sie es nicht mal im Krankenhaus?«

»Das werde ich! Vielen Dank!«

Ward machte auf dem Absatz kehrt und rief Helen an.

Bei Helen erwischte er allerdings nur die Mailbox.

Als Nächstes versuchte er es auf ihrem Festnetzanschluss in der Klinik. Eine Schwester meldete sich.

»Helen ist auf Visite«, sagte sie.

»Alles klar, ich komme vorbei. Trevor, der Buchhändler, ist er ansprechbar?«

»Er ist noch etwas schwach auf den Beinen, aber er kann Besuch empfangen.«

»Alles klar, ich bin gleich da.« Ward beendete das Gespräch.

In dem weißen Bett mit einem dieser seltsamen Nachthemden, die man hinten zuknöpfte und die es dieser Form nur im Krankenhaus gab, lag Trevor, sichtlich geschwächt und mitgenommen, in seinem Bett und starrte an die Decke. Erst auf den zweiten Blick erkannte Ward, dass er Ohrhörer im Ohr hatte und Musik hörte.

»Ah«, sagte Trevor mit fragiler Stimme, »unser Professor.« Er nahm die Hörer aus den Ohren.

»Sehr witzig, unser Professor ...« Ward setzte sich auf den Stuhl neben Trevors Bett und schlug ein Bein über das andere. »Du wolltest das Feuer in deinem Laden selbst löschen?«

»Natürlich, Mann! Das ist mein Laden! Auch wenn ich beim Löschen nicht sehr erfolgreich war. Durstlöschen klappt besser.« Er lächelte gequält.

»Was machst du überhaupt für Sachen? Wieso brennt dein Laden ab? Die Feuerwehr sagt, es könnte Brandstiftung sein.«

»Das fürchte ich auch. Der Mann ...«, sagte Trevor. »Er hat uns beobachtet.«

»Der Mann mit der dunklen Brille und dem struppigen Bart? Der immer so zischend spricht?«

Trevors Augen weiteten sich. »Du kennst ihn?«

»Kennen wäre übertrieben. Er war gestern Nacht bei mir.«

»Bei dir zu Hause?«

»Ja, gegen Mitternacht.« Ward senkte die Stimme. »Hat mir einen Zettel gegeben mit einer satanischen Beschwörungsformel, die aus dem Grand Grimoire kommen könnte.«

Trevor setzte sich auf und biss sich auf die Lippe. »Verdammt ...«

»Trevor, jetzt mal ehrlich, was weißt du darüber?«

»Das Buch ...«, sagte er. »Da ist etwas, und es tut mir leid.«

»Was tut dir leid?«

»Dass ich es dir gegeben habe.«

»Nun sag bloß, es ist tatsächlich ein verfluchtes Buch wie das Necronomicon?«

»Nicht ganz so, aber fast. Jedenfalls hat es gegenüber dem Necronomicon einen klaren Vorteil. Oder Nachteil. Ganz wie man es sieht.«

»Nämlich?«

»Das Necronomicon gibt es nicht. Das Buch hier gibt es. Und es ist wirklich verflucht.«

»Und der Kerl mit dem struppigen Bart?«

»Er sucht darin etwas.«

»Ich habe es aber gekauft.«

»Jetzt ja. Vorher war dieser Typ jeden Tag bei mir im Laden und hat in das Buch geschaut. Ich habe ihn irgendwann vor die Tür gesetzt, aber er kam am nächsten Tag wieder. Als er merkte, dass ich gewillt bin, ihn sofort rauszuschmeißen, hat er es sich angewöhnt, jedes Mal ein Buch zu kaufen. Jedes Mal ein günstiges.«

»Und was hat er gekauft?«

»Normalen Kram. Nichts Verdächtiges. Geschichte, Politik, so was.«

»Und das andere hat er nur angeschaut, aber nicht gekauft.«

»So ist es.«

»Und warum kauft er es nicht, wenn er so wild darauf ist? War ihm das zu teuer?«

Trevor schüttelte den Kopf. »Das weiß ich auch nicht.«

»Was ist mit dem Buch?«

Trevor atmete tief aus. »Es stimmt wirklich etwas nicht damit. Es zieht den Besitzer in seinen Bann.«

»Darum wollte es der Typ mit dem Bart auch nicht kaufen, sondern nur darin lesen?« Ward wurde allmählich klar, auf was die Sache hinauslief. Auch wenn sich das alles reichlich absurd anhörte.

»Ich fürchte ja.«

»Moment mal«, sagte Ward, und seine Augen wurden groß. »Der Typ kam jedes Mal in deinen Laden wegen des Buchs? Das Buch war die ganze Zeit da?«

»Ja, ähm ...« Trevor druckste herum.

»Ich dachte«, bohrte Ward weiter, »du hast es extra für mich bestellt?«

»Ehrlich gesagt, ich wollte das Buch endlich loswerden. Vor allem auch wegen des Typen. Ich dachte, dass er dich nicht findet.«

»Und darum ...«, nun fiel bei Ward wirklich der Groschen, »hast du es mir verkauft, damit du es loswirst?«

Trevor wackelte mit dem Kopf. »Ich würde es nicht so hart sagen ...«

»Aber im Prinzip schon?«

»Im Prinzip ja.«

Ward war sichtlich verärgert. »Toll gemacht.« Er verharrte kurz. »Wenn dieser unheimliche Kerl das Buch aber so toll findet ...«, Ward rückte unbehaglich auf dem Stuhl hin und her, »... warum hat er es dann nicht gekauft?«

»Das weiß ich ja eben auch nicht.«

»Du bist mir ein toller Freund. Was mache ich jetzt? Das Buch liegt bei mir zu Hause.«

»Da sollte es nicht bleiben.«

»Warum?«

»War dieser Typ nicht gestern Nacht bei dir?«

»Ja, leider.«

»Er sucht das Buch.«

»War er deswegen heute Nacht bei dir in der Buchhandlung?«

Trevor nickte. »Er hat es vielleicht gesucht. Vielleicht auch nur eine Kopie. Und hat dann aus Rache Feuer gelegt.«

»Wenn er bei mir war«, sagte Ward, »wusste er doch, dass ich das Buch habe.«

»Dann wollte er mich vielleicht nur bestrafen, indem er meinen Laden angezündet hat«, sagte Trevor.

»Und warum hat er gestern Nacht nichts gemacht? Bei mir? Er stand ja sogar vor meiner Wohnung.« Ward war heilfroh, dass der Typ nichts getan hatte, und überlegte schon, wie er ihm die Polizei auf den Hals hetzen konnte. Helen würde ausrasten, wenn sie das mitbekäme.

»Vielleicht hatte er zu viel zu tun? Vielleicht waren ihm zwei Einbrüche zu riskant?«

»Am liebsten würde ich ihn bei mir einbrechen lassen, damit das Buch weg ist.«

»Das würde ich nicht tun.«

»Warum?«

»Du musst das Buch selbst verschwinden lassen.«

»Warum?«

»Gegenfrage«, sagte Trevor, »hast du die drei Namen gelesen?«

»Die Reisenden, die das Buch markiert haben? Stuart Walter und wie die alle hießen?«

»Genau die. Einer ist bestattet bei der ...«

»St. Bride's Kirk in Schottland.«

Trevor legte den Kopf in die Hände. Er wirkte richtiggehend verzweifelt. »Dann ist es passiert.«

»Was?«

»Das Buch hat dir den Ort gezeigt.«

»Welchen Ort? Die Kirche?«

»Du musst es dort bestatten.«

»Ich muss *was?*«

»Es bestatten.«

»Ein Buch bestatten?« Hatte Ward richtig gehört?

Trevor nickte. »Das habe ich gesagt.«

»Und wo?«

»Wie gesagt. Bei der St. Bride's. Und du musst es begraben.«

»Und wie? Etwa in einem Sarg?«

Trevor nickte mechanisch. »St. Bride's Kirk. In einem Sarg.«

Ward war kurz davor aufzustehen. Gestern Nachmittag war seine Welt noch in Ordnung gewesen, und auf einmal hatte er es nur noch mit Geistesgestörten zu tun. »Ein Sarg für ein Buch? Sag mir, dass du das wirklich ernst meinst!«

»Das meine ich wirklich ernst.«

»Und wo gibt es einen Sarg für das Buch?«

»In der St. Bride's Kirk.«

»Langsam wird es mir echt zu bunt, alter Freund. Diese ganze Buch-Sache ist echt unheimlich, und ich stimme Shakespeare zu, wenn er sagt, dass es mehr gibt zwischen Himmel und Erde, als unsere Schulweisheit uns lehrt, aber in der Kirche soll ein Sarg für ein Buch sein?«

»In der Wand versteckt. Dort gibt es neben dem Altar einen Hohlraum, den man öffnen kann.«

»Und wie?«

»Mit einer Art Schlüssel.«

»Und der Schlüssel?«

»Ist im Buch.«

»Steht dort drin?«

Trevor nickte schwach. »So habe ich es gehört.«

»Als Code?«

»Was auch immer. Das musst du herausfinden. Können wir auch zusammen machen, schließlich bin ich an der Sache nicht unschuldig. Du solltest nur nicht zu viel mit dem Buch durch die Stadt laufen. Die Bestattung sollte am besten bis zum 21. Dezember erledig...«

Ward wollte gerade antworten, da ging die Tür auf. Im Türrahmen stand Helen.

»Mr Jones«, sagte sie zu Ward, »wie geht es Ihnen?«

»Wird langsam«, sagte Trevor, »noch etwas wackelig.«

»Die Polizei möchte gleich mit Ihnen sprechen«, erklärte Helen, »darf ich sie zu Ihnen lassen?«

»Natürlich. Je schneller die anfangen, diesen hinterhältigen Feigling zu finden, der meinen Laden abgefackelt hat, umso besser.«

»Meinen Sie, es war Brandstiftung?«

»Keine Ahnung, aber wenn, dann sollte der Mistkerl bestraft werden!«

»Das sehe ich genauso!« Helen wandte sich an ihren Mann. »Charly«, sagte sie, »so früh schon auf? Das ist ja lieb, dass du deinen Kumpel gleich als Erstes besuchst.«

»Ja klar, dafür hat man doch Freunde.«

Helen hob eine Augenbraue, so als wollte sie sagen: *Veräppel mich nicht, da steckt doch etwas anderes dahinter*, und *wir sprechen uns noch*.

»Jetzt«, sagte Ward und stand auf, »muss ich auch los. Habe noch ein Kolloquium.«

Helen zog die Augenbrauen zusammen. »Um kurz vor sieben Uhr? Das sind ja ganz neue Zeiten. Nachts bringen Studenten irgendwelche Paper vorbei, morgens in aller Frühe finden Kolloquien statt.« Er sah ihr deutlich an, dass sie ihm das alles nicht abkaufte.

»Äh ... ja, ließ sich nicht anders einrichten, da die meisten danach gleich in die Ferien fahren.«

»Na, dann mal los«, sagte Helen, »wann bist du zu Hause?«

»Heute Nachmittag. Du auch?«

»Ja, gegen fünfzehn Uhr.«

»Dann sehen wir uns.« Er klopfte Trevor auf die Schulter, gab Helen einen Kuss und stürzte aus dem Raum.

Fünfzehn Uhr, dachte er, *wenn alles gut ging, war er dann schon bei der St. Bride's angelangt.*

Draußen auf dem Gang roch es nach dünnem Kaffee und Brötchen. Frühstückszeit. Er hatte Hunger, aber das war jetzt erst einmal ein Luxusproblem. Während er ging, schaute er auf sein Smartphone, stieß fast mit einem Pfleger zusammen, der einen Essenswagen über den Gang schob, gab St. Bride's Kirk ein und ließ sich die Entfernung von dort bis Oxford anzeigen. Es war gleich halb acht. Er hatte reichlich Zeit, wenn er heute noch St. Bride erreichen wollte, auch wenn er sechs Stunden unterwegs sein würde. Was ihm nicht gefiel, war die Wettervorhersage, die ihm sein Smartphone anzeigte. *Gegen Nachmittag starker Schneefall.*

Dass heute der 20. Dezember war, bedachte er nicht weiter.

KAPITEL 18
**Wohnung von Helen und Charles Ward,
Oxford, 20. Dezember**

Er sah das Buch vor sich.

Zurück in der Wohnung fiel Ward wieder ein, was Trevor gesagt hatte: *Die Bestattung sollte am besten bis zum 21. 12. erledigt sein.* Es war bereits der 20. Dezember. Morgen war der dunkelste Tag des Jahres, das, was die Menschen früher das Julfest genannt hatten. Bis dahin musste das Buch bei der St. Bride's Kirk bestattet sein. In einem Sarg, der irgendwo in der Kirche war. Und es gab einen Schlüssel. Was war dieser Schlüssel? War es ein Code?

Er blätterte hektisch durch das Buch. Fand wieder die drei Namen, von denen die Anmerkungen und Randnotizen in dem Buch kamen. Seine Augen brannten. Er hatte die Nacht zwar sehr tief geschlafen, aber er war von seltsamen Träumen geplagt und auf dem Fußboden sehr unbequem gebettet. Er kam sich vor wie Walter de la Poer in Lovecrafts Story »Die Ratten im Gemäuer«, der ebenfalls auf seinem alten Landsitz in England in verbotenen Büchern wühlte und ständig die Ratten hörte, die hinter der Holzverkleidung herumflitzten.

Der Schlüssel, dachte er. Der Code, wo ist er?

Er blätterte weiter durch das Buch. Las die drei Namen von vorne bis hinten.

1730: Stuart Walter
1840: William Bones
1950: Jonathan Locke

Dann dieser seltsame Satz.

In girum imus nocte et consumimur igni.

Wir gingen des Nachts im Kreise und wurden vom Feuer verzehrt.

Er versuchte, das Buch zu überfliegen, eine Seite nach der anderen. Komplett lesen konnte er es nicht, denn wenn er das Buch bis morgen in der St. Bride's *bestatten* sollte, so blöd das klang, dann musste er heute losfahren. Sollte er mit dem Zug fahren? Dann konnte er das Buch in Ruhe lesen. Aber mit dem Auto wäre er unabhängiger. Das Problem war nur, dass Helen das Auto immer nahm, um zur Arbeit zu fahren. Es stand an der Klinik. Er musste irgendwie, ohne allzu viele Nachfragen von Helen, an den Schlüssel kommen und dann losfahren. Und Helen die ganze Sache erklären, wenn er schon im Auto saß. Dass die ganze Geschichte – *Ward fährt kurz vor Weihnachten, ohne sich mit seiner Frau abzustimmen, mit dem Auto nach Schottland, um ein Buch zu bestatten* – für einen Außenstehenden ausgesprochen absurd klang, kam ihm nicht in den Sinn. Einfach einen Leihwagen zu nehmen auch nicht. Der seltsame Mann mit dem Bart, die Beschwörungsformel, der Brand in Trevors Buchladen, all das versetzte Ward dermaßen in Angst, dass er keine andere Möglichkeit sah, als genau das zu tun, was Trevor ihm gesagt hatte.

Er flog über die Seiten. Da stand etwas über die St. Bride's Kirk, aber nur, dass dort Seamus Douglas ebenfalls bestattet war, dass es hier früher einen Druidenzirkel gab und die Stätte schon in heidnischen Zeiten ein heiliger Ort gewesen war. In solchen Dingen war die katholische Kirche immer genial gewesen. Sie schaffte die alten Kulte nicht ab, sondern adaptierte sie einfach in Richtung ihres neuen Christentums. Das Julfest war ein Beispiel, und auch der 25. Dezember, das Hochfest der Geburt des Herrn und nach der reinen Lehre der eigentliche Weihnachtstag, war im alten Rom der Feiertag des unsterblichen Sonnengottes gewesen.

Doch er fand keinen Schlüssel, keinen Code.

Er schaute das Buch an wie einen verstockten Kumpel, der ein Geheimnis, das wichtig ist, nicht herausrücken will. Das Buch war hübsch, in einem dicken Ledereinband, mit Leseband, etwas vergilbt und an einer Ecke von Schimmel befallen. Aber es war etwas in dem Buch, was er dringend brauchte und was er nicht fand. Er könnte es von vorn bis hinten durchlesen, aber er hatte nicht die Zeit und die Ruhe dafür.

Er kam sich vor wie Casaubon, der Held der Story in Umberto Ecos Foucaultschem Pendel, von dem Stokes erzählt hatte. Der musste ständig ein unbekanntes Passwort in einen Computer eingeben, und der Computer fragte immer wieder, *Hast du das Passwort?*, und irgendwann tippte Casaubon genervt ein: *Nein!* Das war die Lösung. *Nein* war interessanterweise das Passwort. Und Casaubon hatte den Code geknackt.

Und er, Ward? Er wurde von diesem unheimlichen Mann bedrängt, der Trevors Laden angezündet hatte, musste alles vor seiner Frau verheimlichen und hatte als einzige Möglichkeit die Option, die Polizei zu rufen, die ihm kein Wort glauben würde.

Er spürte Verzweiflung, aber auch Wut.

Wahrscheinlich war es dieser Moment der Unbeherrschtheit und der Wut darüber, dass er nicht weiterkam, in dem er das Buch mit beiden Händen nahm, hochhob und mit voller Wucht auf die Tischplatte knallte.

Es gab einen dumpfen Knall, ein Knacken, dann ein helles Klingen.

Ward stockte.

Er nahm das Buch ans Ohr. Schüttelte es.

Irgendetwas war da in dem dicken, verstärkten Ledereinband. Es hatte sich gelöst, und er konnte es hören. Irgendeinen kleinen Gegenstand.

Es tat ihm in der Seele weh, dies zu tun, aber er nahm ein Messer und schnitt vorsichtig den Einband auf der

Rückseite auf, ähnlich dem kleinen Versteck, in dem er gestern den kleinen Zettel gefunden hatte. Er machte den Schlitz gerade groß genug, um das, was auch immer darin war, herauszunehmen. Rannte ins Bad, holte eine Pinzette, machte den Schlitz noch etwas größer, leuchtete mit der Taschenlampe seines Smartphones hinein.

Am Ende hatte er den Gegenstand, der im Rücken des Buches war.

Es war ein Schlüssel.

Kein Code, der im Buch versteckt war.

Der Schlüssel für das Geheimnis war tatsächlich *ein Schlüssel*.

KAPITEL 19
Oxford Hospital, 20. Dezember

Ward schlich sich durch die Station. An Garderoben mit Kitteln, Dienstplänen, Besprechungszimmern vorbei. Er hatte eine kleine Tasche gepackt mit ein paar Kleidungsstücken für eine Übernachtung, dazu das Buch. Er ging in das Zimmer, in dem auch Helen ihre Sachen hatte. Der Raum war nicht abgeschlossen. Gegenüber der Kaffeemaschine einige Schließfächer. Er kannte Helens Kombination und öffnete das Fach. Dann griff er nach ihrer Handtasche.

»Was machen Sie da?«

Ward drehte sich abrupt um. Eine Krankenschwester stand dort. Ward entschied sich für die Flucht nach vorne.

»Ich bin Charles Ward, der Mann von Helen.«

»Dr. Ward?«

»Ja genau. Dr. Helen Ward.« Ward nervte diese Titelreiterei ein wenig. Schließlich hatte er auch einen Doktortitel, bestand aber nicht in jeder Situation darauf. Er sprach weiter. »Ich Idiot habe mich selber ausgeschlossen und brauche jetzt Helens Schlüssel. Ich hatte sie auf dem Handy angerufen, aber sie scheint noch in der Visite zu sein.«

Die Schwester lächelte. »Jetzt erkenne ich Sie! Ich vergesse auch immer alles. Würde wahrscheinlich selbst meinen Hintern vergessen, wenn er nicht angewachsen wäre.«

Ward versuchte zu lächeln und nickte. Dann nahm er den Autoschlüssel und verließ das Büro.

Er wollte gerade Richtung Ausgang eilen, als ihm noch eine Idee kam. Trevor! Er hatte doch vorgeschlagen, dass sie beide noch einmal miteinander sprachen.

Er machte kehrt, ging in den Aufzug und fuhr eine Etage nach unten.

Er klopfte an Trevors Zimmer.

Nichts.

Er klopfte noch einmal.

Noch immer nichts.

Er atmete kurz durch und ging hinein.

KAPITEL 20
Oxford Hospital, 20. Dezember

Alles war rot!

Trevor lag auf dem Bett, die beiden Handgelenke geöffnet, zwei Schlitze, wie Abgründe voller Lava in einem Vulkan. Neben ihm ein Rasiermesser.

Das weiße Bettzeug war blutrot, an einigen Stellen dermaßen viel Blut, dass sich Pfützen gebildet hatten. Trevor war weiß, als hätte man ihm alle Farbe aus dem Gesicht gezogen.

»Trevor«, rief Ward.

Trevor schien noch zu leben. Er hob eine Hand mit einem aufgeschnittenen Handgelenk.

»Nein«, sagte er mit schwacher Stimme. »Komm mir nicht zu nahe. Sie werden noch glauben, du seist es gewesen.«

»Wer war es?«

Trevor winkte ab.

Ward blieb hartnäckig. Wenn er nichts tat, würde dieser Mensch sterben.

»Ich kann es abbinden ... Ich rufe meine Frau. Wir sind schließlich in einem Krankenhaus.«

Trevor schüttelte den Kopf. »Ich war es nicht.«

»Du warst es nicht? Wer war es dann?«

»Der Mann ... der Mann mit dem Bart. Er will verhindern, dass das Buch zurückkommt.«

Ward ging näher an Trevor heran. Trevor sprach immer leiser, am Ende war es nur noch ein heiseres, schnarrendes Flüstern.

»*Der* Mann? Was wollte er?«

»Er war hier drin. Er hat es getan. Ich konnte mich nicht wehren. Glaube mir, es ist besser so. Der Tod ... ist die Lösung.«

Ward hatte noch gar nicht daran gedacht, aber jetzt fiel es ihm ein. »Der Schlüssel«, sagte er. »Ich habe ihn gefunden.«

Trevors Augen leuchteten plötzlich, wie ein Funken in einer sterbenden Glut. »Wo war er?« Trevor schien das letzte Stück Lebenskraft aufzubieten.

»Im Buch. Es war ein echter Schlüssel.«

Trevor lächelte schwach. »Gut, sehr gut! Du musst sofort los! Mit dem Buch zur St. Bride's.«

»Und der Berg?«

»Vergiss den Berg! Das ist ein Hügel nahe der Kirche. Es geht immer um die Kirche.«

»Dieser Mann ... Warum will er verhindern, dass das Buch in die St. Bride's kommt?«

»Weil dort das liegt ... was zu ihm gehört.«

»Was gehört zu ihm?«

»Die Seiten.«

»Zu wem gehören die Seiten?«

»Seamus. Seamus Douglas Ta'Ghar.«

»Seamus Douglas? Von dem habe ich gelesen. Der schwarze Ritter?«

Trevor nickte schwach.

»Was hat der mit dem Buch zu tun?«

»Er ist in der St. Bride's bestattet. Jedenfalls sein Herz, das mutige Herz. *Braveheart* ...«

»Und das Buch?«

»Ist ein Teil von ihm.«

»Warum?«

»Einige Seiten ... sind aus der Haut von Seamus Douglas.«

KAPITEL 21
Oxford Hospital, 20. Dezember

Ward zog den Autoschlüssel aus der Tasche und rannte zum Parkplatz. Dort stand der Mini von ihm und seiner Frau. Er warf seine Tasche mit dem Buch auf den Beifahrersitz und fuhr rückwärts heraus. Die Scheibe beschlug sofort, und da die Klimaanlage in diesem Mini nie richtig funktioniert hatte oder womöglich gar nicht vorhanden war – Ward hatte das nie so genau herausgefunden –, öffnete er das Fenster.

Er setzte weiter zurück.

Hinter ihm stand jemand. Beinahe hätte er ihn überfahren. Er ging quietschend auf die Bremse.

Dann war der Mann schon an seinem geöffneten Autofenster. Das Gesicht unter der schwarzen Kapuze. Der Bart. Die Brille!

»Du hast es!«, rief er.

»Verschwinde, du Mörder!«, schrie Ward und wendete. Der Mann lief ihm hinterher. Sollte er die Polizei rufen? Aber dann steckte er auch mit drin. Dann war der Kopf des Mannes wieder am Fenster. Er hielt sich an der Tür fest.

»Du hast das Buch«, rief der Mann. »Hast du auch die Beschwörung?«

»Ich hab gesagt, du sollst verschwinden. Sonst fahre ich los, und du wirst mitgeschleift.«

»Das würde ich mir gut überlegen. Ich verletze mich, du fährst weg, das ist Fahrerflucht. Dann fragt sich die Polizei, wo du vorher warst. Und dann kommt man darauf, dass du im Zimmer von Trevor warst. Und der ist t...«

»Du bist es gewesen«, zischte Ward. Er merkte im selben Moment, dass seine Stimme fast genauso klang wie die von dem seltsamen, struppigen Mann.

»Wer will das wissen«, stieß der Mann hervor, »nur denk

daran, wenn du bei der St. Bride's Kirk bist, dass du das Ritual durchführst. Das Ritual mit der Ziege, das ich dir gegeben habe. Nimm eine Ziege. Oder einen Hund. Binde ihn an die Alraunenwurzel. Erschlage ihn kurz vor Mitternacht. Auf dem Friedhof. Mit den Todeszuckungen wird der Hund die Wurzel herausreißen. Und diese Alraune ...«

Ward reichte es. Er gab Gas und fuhr los. Sollte dieser Typ doch die Polizei holen. Mit der Galgenvisage würden sie den doch als Ersten verhaften und in eine Zelle werfen. Ward fuhr vom Parkplatz des Krankenhauses und schaute immer wieder in den Rückspiegel.

Der Mann war verschwunden.

So wie letzte Nacht vor seinem Haus.

Es war kurz vor neun Uhr. Eine bleiche Wintersonne strahlte ihm direkt ins Gesicht und gab der Umgebung einen falschen, fahlen Ton.

Er schaute noch einmal in den Spiegel.

Da stand der Mann wieder.

Einzeln und allein auf der Straße.

Er war ...

Ward riss im letzten Moment das Steuer zur Seite. Der schwarze Rover, der ihm entgegenkam, wäre Sekunden später frontal in ihn hineingefahren.

Der Wagen brach aus, schleuderte auf der von Sand, Salz und Schneeresten bedeckten Straße. Er bremste, lenkte dagegen, nach rechts und nach links. Dann hatte er das Fahrzeug wieder unter Kontrolle.

»Idiot«, zischte er dem Fahrer, der ihn nicht hören konnte, zu.

Der Wagen schoss an ihm vorbei.

Er versuchte, einen Blick auf den Fahrer zu erhaschen.

Er sah eine dunkle Silhouette.

Die Schultern. Der Kopf.

Und darauf zwei Hörner.

KAPITEL 22
Vor langer Zeit

Auf einmal war eine fürchterliche Stimme in Seamus' Kopf zu hören, als würde zwischen seinen Ohren eine gewaltige Glocke geläutet.

»Du hast mich richtig verstanden, Seamus Ta'Ghar«, dröhnte die Stimme, und er wusste, dass *er* es war, *er*, von den Schwarzen Bergen.

»Ich bin aus der Vergessenheit erwacht«, rief die Stimme, »um die Schatten zurückkehren zu lassen. Ich, der die jungen Königreiche aufwachsen sah wie ein liebender Vater, komme nun zurück, um mir das zu holen, was mir gehört. Von den niemals endenden Gipfeln der Schwarzen Berge bis zu den Seen und Schluchten der Tiefe herrsche ich, doch heute werde ich mein Reich vergrößern, und alle meine Verbündeten werden vom Tode auferstehen. Du, Seamus, bist einer von ihnen, auch wenn du noch unter den Lebenden wandelst.«

Er blickte sich um.

Sah die Armee hinter sich.

Sah die Leere der nebelverhangenen Gipfel vor sich.

In dem Moment wurde ihm klar, dass die Schrecken nicht vor ihm lagen.

Sondern in ihm.

KAPITEL 23
M1 Richtung Nottingham, 20. Dezember

Sein Handy klingelte, und Ward zuckte dermaßen zusammen, als hätte er noch nie einen Handyklingelton gehört. Er schwitzte, obwohl draußen Schnee lag.

Es war Helen.

Mittlerweile war er schon einige Zeit unterwegs, doch durch den Schnee kam er viel langsamer voran, als er es vorgehabt hatte.

Dass sich Helen irgendwann melden würde, konnte ihn natürlich nicht wirklich überraschen. Sollte er einfach den Anruf auf die Mailbox leiten? Aber verdammt, Helen war seine Frau. Auch wenn er ihr nicht die ganze Wahrheit erzählen konnte, so musste er ihr doch sagen, dass er unterwegs war. Mit ihrem gemeinsamen Auto. Obwohl sie das wohl selbst schon gemerkt hatte.

»Ja, Helen?«, sagte er, als er den Anruf annahm.

»Wo bist du?«

»Äh, kurz unterwegs.«

»Mit unserem Auto? Ohne mir etwas zu sagen?«

»Ging nicht anders. Eine schnelle Besorgung.«

»Dann bist du gleich wieder da?«

»Ja.«

»Warum sagst du mir nicht einfach Bescheid, sondern holst heimlich den Schlüssel aus meinem Schließfach? Jody hat dich gesehen.«

»Das Auto gehört doch uns beiden.«

»Ja, nur wenn ich damit zur Arbeit fahre, wüsste ich gern, wenn du es zwischendurch ausleihst. Stell dir vor, ich müsste dringend irgendwohin.«

»Ich habe Jody alles gesagt.«

»Ihr schon, aber nicht mir.« Sie machte eine kurze Pause. »Was glaubst du, wie ich mich erschrocken habe, als der Wagen weg war!« Sie hielt kurz inne. »Ohne Vorwarnung. Ich dachte, der wäre geklaut worden. Aber darum rufe ich gar nicht an.«

»Warum dann?«

Sie schluckte. »Was viel wichtiger ist ...« Sie zögerte kurz. Er wusste, was jetzt kommen würde. Sie sprach weiter: »Dein Freund Trevor, der Buchhändler, er hat sich ... umgebracht.«

Ward versuchte, so überrascht zu sein, wie er nur konnte. »Er hat *was?*« Denn er konnte wohl kaum zugeben, dass er Trevor halb tot angetroffen und sich dann aus dem Staub gemacht hatte.

»Er hat sich umgebracht. Mit einem Rasiermesser. Das Messer hatte er dabei. In seinem Kulturbeutel. Offenbar gehörte er zu den wenigen Menschen, die sich noch mit einem richtigen Rasiermesser rasieren.«

»Mein Gott!«

»Ja, die Polizei ist hier, ich wurde lange befragt, die anderen Kollegen auch, und die Ermittler wollen natürlich mit all denen sprechen, die ihn vorher gesehen haben.«

»Also mit mir?«, fragte Ward. »Ich war doch nur ganz kurz bei ihm.«

»Als ich kam, habt ihr euch angeregt unterhalten, bevor du es ganz eilig hattest wegzukommen.«

»Und?«

»Die Ermittler müssen mit allen sprechen. Denn es gibt eine beunruhigende Möglichkeit.«

»Nämlich?«

»Dass Trevor sich nicht selbst umgebracht hat. Eine erste Analyse der Schnitte lässt darauf schließen, dass der Schnitt ihm von einer anderen Person beigebracht wurde. Vor allem hat er sich beide Handgelenke durchgeschnitten, hätte er das selbst gemacht, wären die Schnitte unterschiedlich, je nachdem, ob er Rechts- oder Linkshänder ist.«

»Klingt ... ähm, logisch.«

»Daher geht die Polizei nicht hundertprozentig von einem Suizid aus, auch wenn die Möglichkeit nach wie vor besteht. Trevor galt als psychisch anfällig, und vielleicht hat er den Brand seines Ladens nicht verkraftet. Suizid ist damit durchaus wahrscheinlich, aber die Schnitte sprechen eben dagegen.«

»Das kann gut sein.«

»In jedem Fall will die Polizei dich sprechen. Ruf mich am besten an, wenn du da bist.« Sie wartete kurz auf eine Antwort, und als die nicht kam, hakte sie nach: »Wann bist du denn da?«

»In einer halben Stunde.«

»Okay, ich bleibe so lange in der Klinik. Habe nämlich keine Lust, den Bus zu nehmen.«

Ward legte auf. Sein Herz schlug ihm bis zur Schädeldecke. Er war nicht gut im Lügen, aber es war ihm gelungen. Das Dumme war nur: Er war viel weiter als eine halbe Stunde von Oxford entfernt. Und er konnte auf keinen Fall zurück.

KAPITEL 24
Nahe der St. Bride's Kirk, Tavern Motel, 20. Dezember

Es war dunkel geworden. Er war durch die ungünstigen Witterungsbedingungen viel länger unterwegs gewesen, als er wollte. Vorbei an Birmingham, Nottingham, Sheffield und Leeds. Helen hatte er eine Nachricht geschrieben, dass er mit der Polizei wegen des vermeintlichen Suizids zu tun hatte und es noch etwas dauern würde. Sie hatte ihm einen Stakkato von Nachrichten geschrieben, ob er ihr sagen könne, wo der Wagen sei, dass sie einkaufen gehen wollte und was denn so schwer daran sei, einmal anzurufen.

»Helen, es geht mir gut. Es dauert hier aber noch«, hatte er ihr gesagt und dann aufgelegt. Er hatte Tränen in den Augen. Er musste doch seiner Frau sagen, dass es ihm gut ging, und er wollte ihr keinesfalls nur Nachrichten schreiben. Denn dann könnte sie denken, dass er vielleicht entführt worden war und womöglich jemand anderes die Nachrichten schrieb. Wenn sie aber seine eigene Stimme hörte, war das ausgeschlossen.

Entführt worden, dachte er. *War es nicht genau das?*

Nahe Uddington gab es ein kleines Motel, das im Internet recht gute Bewertungen hatte. Es war etwa zehn Minuten mit dem Auto von der St. Bride's Kirk entfernt. *St. Bride's Church Douglas*, stand auf dem Ortschild. Irgendwo gab es einen Fluss namens Douglas Water. War damit der schwarze Ritter Seamus Douglas gemeint?

Er stoppte den Wagen und holte seine Tasche vom Beifahrersitz. Neben der Unterkunft gab es einen Pub. *The Dead Dragon* stand auf dem Namensschild. *Der tote Drachen.* Seltsamer Name für einen Pub, dachte Ward und betrat das Motel.

»Wie lange wollen Sie bleiben?«, fragte der kauzige Mann an der Rezeption. Im Hintergrund lief ein Fernseher, wie es aussah, spielte der FC Liverpool gegen irgendeine andere Mannschaft.

»Nur eine Nacht.« Ward hatte sich noch nicht genau überlegt, ob er die Kirche heute Nacht oder ausgeruht morgen früh besuchen wollte. Er brauchte dringend etwas Schlaf, aber er wollte sich auch nicht tagsüber, wenn vielleicht Besucher in der Kirche waren, dort zu schaffen machen.

»Das macht fünfzig Pfund, bar oder Karte«, sagte der Mann an der Rezeption und schob Ward einen altmodischen Schlüssel über den Tresen.

Das Zimmer war das, was man einfach, aber sauber nennen würde.

Ward packte die Tasche aus und legte den Kulturbeutel in das kleine Bad.

Das Buch, mittlerweile nannte er es in Gedanken *das verfluchte Buch*, legte er auf den Nachttisch.

Er spürte die Müdigkeit, legte sich in seiner Kleidung auf das Bett und schlief sofort ein.

Dass er das Buch zu sich ins Bett nahm, merkte er nicht mehr.

KAPITEL 25
Nahe der St. Bride's Kirk, Tavern Motel, 20. Dezember

Ward sah seine Frau Helen. Sie irrte durch einen Schneesturm an einer kleinen Kirche vorbei. Er sah sie, doch sie sah ihn nicht. Er winkte, er rief, aber seine Stimme verlor sich in dem Schneegestöber wie Tränen im Wind.

»Charles!«, rief sie. »Charles!« Sie lief blass und verzweifelt um sich blickend durch den Schnee, wie eine Banshee aus der gälischen Sage. Vor ihr ragten die Grabsteine in die Höhe. Er hatte Angst, dass sie stolpern könnte, doch sie stolperte nicht. Vielmehr bewegte sie sich, als würde sie über den schneebedeckten Friedhof schweben, als wäre sie nicht materiell, als wäre sie vielmehr ätherisch. Ein Geist oder ein Gespenst.

Mit einem Mal geschah etwas Seltsames.

Er sah den Friedhof, aber es war ihm, als sähe er die ganze Szenerie durch Helens Augen. Er sah die Grabsteine, sah die Kirche. Sah den Mini, der auf dem Parkplatz der Kirche stand. Und er sah sich selbst. Erst noch einigermaßen deutlich, dann nur noch in Schemen und schließlich gar nicht mehr.

Die Person, durch dessen Augen er das alles sah, trat an den Grabstein heran. Unsicher, so als würde ihr irgendeine Macht zuflüstern, dem Stein nicht zu nahe zu kommen.

Trat näher. Ein Schritt, zwei, drei ...

Die Person, die da ging ... War es wirklich Helen?

Sie sah den Schnee auf dem Stein.

Sah die Schrift, von der sich der Schnee hob, sodass man die steinernen Lettern noch immer lesen konnte.

Dort stand:

Charles D. Ward
*6.6.1978
†21.12.2021

Ward zuckte derart heftig zusammen, dass er mit seinem Fuß an die Bettkante stieß. Er drehte sich um, und etwas fiel zu Boden. In dem Moment merkte er, dass er in seinem Hotelbett lag. Das Buch war vom Bett gefallen, und er hatte derart heftig gegen den Bettrahmen getreten, dass sich ein Teil der Verankerung gelöst hatte. Vielleicht hätte er im Bett die Schuhe ausziehen sollen?

Er atmete tief ein und blickte auf die Uhr. 23:20 Uhr. Fast drei Stunden hatte er geschlafen. Er versuchte, die Benommenheit abzuschütteln, hob das Buch auf und setzte sich aufs Bett. Was hatte er gesehen? Den Grabstein an der St. Bride's Kirk und seine Frau. Und dann ... seinen Namen!

Er griff zum Handy und rief Helen an.

Sie nahm nach dem ersten Klingeln ab. »Wo zum Teufel bist du?«

»Ich ...«, Ward zögerte, »ich muss hier noch eine Sache erledigen, dann komme ich nach Hause.«

»Wo?«

»Das weißt du doch. Du warst eben dort«, sagte er wie in Trance.

»Wie bitte? Wo war ich?« Helen war komplett verwirrt.

Da fiel Ward ein, dass er eben geträumt hatte.

»Ich bin in Schottland«, sagte er zermürbt.

»Spinnst du? Bist du tatsächlich wegen dieses Buchs und dieses blöden Bergs dort hingefahren?«

»Ich musste es tun.« Er räusperte sich. »Die Sache mit Trevor. Sie hängt damit zusammen.«

»Charles, du machst mir langsam Angst.«

Ward nickte, ohne dass sie das hätte sehen können. »Darum muss ich die Sache hinter mich bringen. Damit wir keine Angst mehr haben müssen.«

»Und was musst du dafür tun?«

»Ich muss dieses Buch ... bestatten.«

Entweder das Buch wird bestattet, oder du wirst bestattet, sagte eine Stimme in seinem Kopf. Er hatte im Traum seinen eigenen Grabstein gesehen.

Helen atmete tief ein und aus. »Ich glaube, du musst kein Buch bestatten, ich glaube, du brauchst einen Arzt. Warum musst du dich auch mit diesem schwarzmagischen Mist beschäftigen? Mach lieber was zu Hemingway.«

»Der hat sich erschossen.«

Helen schien etwas einzufallen. »Die Polizei ist mit Trevor durch. Es war Mord.«

»Oh.«

»Haben sie dir das auch gesagt?«

»Was ...?«

Siedend heiß fiel Ward ein, dass er Helen einige Stunden zuvor im Auto angelogen hatte, dass er selbst auch bei der Polizei in Oxford war. Er reagierte halbwegs geistesgegenwärtig. »Äh ... ja! Sie haben so etwas angedeutet und wollen mich anrufen, wenn es neue Erkenntnisse gibt.«

»Charles«, fragte Helen, »soll ich nachkommen?«

Er stockte kurz. Ein Teil von ihm wünschte sich, dass sie das tat.

»Nein, morgen bin ich wieder da.«

»Und wo bist du jetzt?«

»In einem Motel.«

»Und wo?«

»Bei der Kirche.«

»Und wo ist die?«

»Etwa vierzig Minuten südlich von Glasgow und Edinburgh.«

»Du bist die ganze Strecke mit dem Auto hingefahren? Bei dem Wetter?«

»Bahn ist auch nicht besser.«

»Und dann in einem Hotel?«

»Ja.«

»Pat und Rick sind in Glasgow. Warum schläfst du nicht dort?«

»Ich will niemandem zur Last fallen. Außerdem ist das zu weit weg.« *Und außerdem, ergänzte Ward in Gedanken, geht mir Rick mit seinem Immobiliengelaber ordentlich auf den Keks. Tut so, als wäre er Donald Trump II.* Zudem fand Ward das Übernachten bei Freunden auf Luftmatratzen und mit Gerümpel vollgestellten Gästezimmern alles andere als erholsam.

»Charles, rufst du mich an, wenn irgendetwas ist?«

»Das mache ich.« Er spürte die Tränen in seinen Augen. »Was immer auch passiert: Ich liebe dich.«

»Charles, das klingt wie ein Abschied!«

Vielleicht ist es das auch, sagte eine Stimme in seinem Kopf.

Er sagte aber: »Nein, aber ich hoffe, ich komme durch den Schnee wieder gut zurück.«

»Ja, hoffentlich. Ich liebe dich auch.«

Er saß einige Minuten schweigend am Fenster. Besucher gingen in den nahen Pub, *The Dead Dragon*.

Jetzt brauche ich auch ein Bier, dachte Ward, nahm seine kleine Tasche mit dem Buch und verließ das Zimmer.

KAPITEL 26
Nahe der St. Bride's Kirk,
The Dead Dragon Pub, 20. Dezember

Die Luft im *Dead Dragon* war zum Schneiden und stand im krassen Gegensatz zur strengen Winterkälte draußen. Es roch nach Bier, fettigem Essen und Rauch, der nicht nur aus dem Kamin kam. Denn vom Rauchverbot in Bars hatte hier noch niemand gehört. Bauern, Waldarbeiter und Männer aus dem nahen Dorf blickten Ward neugierig an. Es war klar, dass es hier sofort jedem auffiel, wenn jemand den Raum betrat, der *nicht von hier* war. Ward musste unwillkürlich an die H.-P.-Lovecraft-Geschichte »Das Grauen von Dunwich« denken, die er in seinem Gespräch mit Stokes erwähnt hatte. In der Geschichte war davon die Rede, dass man nur dann nach Dunwich gelangte, wenn man an einer bestimmten Gabelung die falsche Abzweigung nahm. Einen richtigen Weg nach Dunwich schien es nicht zu geben. Vielleicht war es hier genauso?

Er kämpfte sich durch das Gedrängel zur Bar vor und gab darauf acht, dass die Umhängetasche mit dem Buch immer nahe an seinem Körper war.

»Was darf's sein?«, fragte der Wirt, mit grauen Haaren, rosigem Gesicht und einem Handtuch über der Schulter. Es gab am Tresen die typischen Bierdeckel aus Handtuchstoff mit dem Logo irgendeiner Fußballmannschaft.

»Guinness.«

»Guinness?« Der Wirt sah sich um. Einige der Männer hoben den Kopf. Am Ende der Bar saß ein Mann mit einem Whiskyglas derart in sich zusammengekauert, dass man nicht nur sein Gesicht nicht erkannte, sondern nicht einmal ganz sicher sein konnte, ob diese Person überhaupt einen Kopf hatte.

Der Wirt wandte sich an die Gesellschaft an der Bar. »Dieser Gentleman bestellt Guinness!« Er wandte sich an Ward. »Wir sind hier nicht in Dublin, Sportsfreund.«

»Haben Sie denn Guinness?«

Der Wirt zuckte die Schultern. Dann tippte er auf ein Fass. »Sieht so aus.« Er lächelte. Dann schlug er Ward auf die Schulter. Es sollte freundschaftlich sein, aber Ward war froh, dass er noch kein Getränk in der Hand hatte, da dann sicherlich die Hälfte davon verschüttet worden wäre.

»Ich mach doch nur Spaß, Sportsfreund«, sagte der Wirt. »Ich bin Bill. Von William. Und du?«

»William?«, fragte Ward. »Wie der schottische Freiheitskämpfer William Wallace?«

Der Wirt lächelte. »Gefällt mir. Und wie heißt du nun?« Er reichte Ward das Guinness über den Tisch. Ward trank einen Schluck des Biers und genoss es. Manche Leute mochten Guinness nicht, manche sagten sogar, es schmecke wie flüssiger Ohrenschmalz, aber Ward war klarer Guinness-Fan.

»Ich heiße Charles. Oder Charlie oder Chuck. Wobei ich Chuck nicht so mag. Klingt wie Chucky, die Mörderpuppe.«

Der Wirt grinste. »Charlie passt. Wir sind hier ja nicht im Buckingham Palace.«

Ward nickte. Er wusste, dass die meisten Schotten, nicht erst seit *Braveheart* William Wallace, auf das britische Königshaus nicht gut zu sprechen waren.

»Was treibt dich hierher?«, fragte der Wirt. »Habe gesehen, dass du im Motel eingecheckt hast.«

»Durchreise. Wir sind Weihnachten bei Freunden in Glasgow. Meine Frau ist schon dort, ich hatte beruflich zu tun und hab das Gepäck im Wagen.«

»Hier kannst du es ruhig im Wagen lassen«, sagte der Wirt, »hier klaut niemand.«

Verdammt, dachte Ward, ihm war zum Glück eine gute Ausrede eingefallen, was er hier kurz vor Weihnachten machte, wobei sicher auch die Diskussion mit seiner Frau geholfen hatte, aber verdächtig war es vielleicht trotzdem, wenn man von viel Gepäck redete und dann alles im Dunkeln im Auto ließ.

»Gut zu wissen«, sagte Ward, »ich hätte es sonst noch rausgeholt.«

Er schaute auf die beachtliche Whiskysammlung hinter der Bar. Whisky würde er jetzt nicht trinken, er musste wach bleiben.

Der Platz, auf dem der in sich zusammengesunkene Kerl gesessen hatte, war leer. Ward ließ seinen Blick über den Schankraum schweifen.

»Alles okay?«, fragte der Wirt.

»Ja, alles in Ordnung. Ich ...« Er fasste in seine Tasche. Das Buch! Das Buch war verschwunden!

Dieser zusammengesackte Kerl, dachte er, *der war weg, und das Buch war weg! Konnte das der Mann mit dem Bart sein? War er ihm zuvorkommen? Aber wie war es dem gelungen, so schnell hier zu sein?*

Hatte er ihn verfolgt, hier nur auf ihn gewartet, das Buch gestohlen und war geflohen? Ward hatte keine Zeit, darüber nachzudenken. Er warf dem Wirt eine Fünfpfundnote auf den Tisch und rannte nach draußen.

KAPITEL 27
Auf dem Weg zur St. Bride's Kirk, 20. Dezember

Ward stürzte auf den Hof vor dem Pub. Dann sah er den Mann, der vorhin am Ende der Bar gesessen hatte. Er schwang sich auf eine Art Moped. Und er hatte eine Tasche umgehängt, so ähnlich wie die von Ward. Wahrscheinlich war das Buch in der Tasche! Er musste es Ward irgendwie entwendet haben. Der Mann startete das Moped und verschwand.

Ward rannte zu seinem Wagen. Er dankte Gott oder wem auch immer, dass er den Schlüssel zu seinem Wagen in der Tasche und nicht in seinem Zimmer gelassen hatte. Und auch den Schlüssel aus dem Buch hatte er in seiner Tasche, nicht in dem Buch.

Hinter sich hörte er den Wirt rufen. »Charly, was ist los? War das Guinness nicht gut?«

Ward hatte keine Zeit zu antworten.

Er sprang in sein Auto und gab Gas. Raste los, merkte, dass das Licht noch nicht brannte. Schaltete hastig das Licht an und blinzelte nach draußen. Die Hinweisschilder zur Kirche waren zu sehen. Er fuhr die Landstraße hinunter und sah am Ende einen schwachen Lichtschein. War das der Mopedfahrer? War es möglich, dass er mit dem Moped den ganzen Weg von Oxford nach Schottland gefahren war? Ward konnte nicht sehen, ob es ein Auto, ein Fahrrad oder der unheimliche Typ mit der Kapuze war. Und wer sagte ihm überhaupt, dass der Typ auch zu der Kirche fuhr und mit dem Buch nicht irgendetwas anderes vorhatte?

Er fuhr. Fünf Minuten, zehn Minuten.

Schließlich sah er das Hinweisschild.

St. Bride's Kirk.

Nach einigen weiteren Minuten war er da. Vor der Kirche stand das Moped. Der Typ musste bereits hier sein.

Die Kirche stand stumm und dunkel in der Nacht. Er blickte auf die Uhr in seinem Auto. 23:55 Uhr.

Ward stoppte den Motor und blickte sich um. Sonst war niemand zu sehen. Er stieg aus dem Wagen und ging auf die Eingangstür zu. Erwartete, dass sie verschlossen war. Doch die Kirche war offen.

In ihrem Inneren totale Dunkelheit. In einer Ecke leuchtete eine kleine Kerze. Er ging zum Altar. Dort war, wie bei katholischen Kirchen üblich, immer ein ewiges Licht entzündet. Aber für welches Schloss würde der Schlüssel passen?

Verdammt, dachte er, *was bringen mir der Schlüssel und der Sarg für das Buch, wenn ich das Buch nicht habe?*

Er musste sich fokussieren, dachte er. *First things first*, wie man in England sagte. Das Wichtigste zuerst.

Er ging zum Altar, verbeugte und bekreuzigte sich aus Respekt und näherte sich dem Tabernakel, in dem die geweihten Hostien aufbewahrt wurden. Wenn er nach etwas Heiligem, nicht Zugänglichem mit einem Schlüsselloch suchte, dann fiel ihm das Tabernakel mit dem Leib Christi als Erstes ein.

Er leuchtete mit seinem Smartphone auf die Tür des Tabernakels. Dort war tatsächlich ein Schlüsselloch. Und als er den Schlüssel ins Schloss steckte, war Ward weniger verwundert, als er es eigentlich sein sollte, als der Schlüssel passte.

Er öffnete die schwere Tür. Darin waren keine Hostien. Dafür ein Behälter aus Eichenholz. In etwa so groß wie das Buch. Ihm fiel auf, dass es hinter der nur etwa dreißig mal dreißig Zentimeter großen Öffnung einen deutlich höheren und breiteren Hohlraum gab. Er griff nach dem Behälter.

Dann spürte er einen Schmerz. Zog hastig seine Hand heraus.

Er sah Blut im Licht der Kerze. Und im Licht seines Smartphones.

An irgendetwas hatte er sich geschnitten.

Er leuchtete hinein.

Und da sah er es.

Ein Schwert.

Ein langes Schwert lag in dem Hohlraum. Ein Claymore, wie es die Highlander führten.

Er legte den Behälter kurz auf dem Altar ab und leuchtete nach dem Griff des Schwertes. Dann fasste er ihn und zog das Schwert hinaus. Es schabte auf dem Stein, als würde das Schwert geschliffen werden.

Sollte er es mitnehmen?

Du wirst es brauchen, sagte eine Stimme in seinem Kopf.

In einer Hand den winzigen Sarg, in der anderen das Schwert, verließ er die Kirche. Da hörte er ein furchtbares Schreien. Das Schreien eines Tieres. Und der Geruch von Flammen drang an seine Nase.

KAPITEL 28
Vor langer Zeit

Seamus Douglas Ta'Ghar saß auf seinem Schlachtross und betrachtete das Schwert, und es war ihm, als würde das Schwert zu ihm sprechen.

Sag mir, junger Seamus, hörte er die Stimme in seinem Kopf, *hast du dich nie gefragt, warum dir keiner von den weisen Männern jemals erzählt hat, wer die Grundsteine der Ta'Ghar-Dynastie gelegt hat, wer Isenhall aus dem rohen Stein gehauen hat, wer der erste Ahne in der Blutlinie der Könige war und wer das Schwert geschmiedet hat, als die Welt jung war?*

Deine Ahnen haben mir geholfen, ein Reich zu schaffen, härter und stärker als getemperter Stahl, und nun komme ich, um es zurückzuholen. Ich bin von deinem Blute, Seamus, und ich werde dich nicht verschlingen. Erforsche deine Seele, junger Seamus, und du wirst in einen entfernten Spiegel blicken und erkennen, wen du wirklich liebst oder hasst. Lass deiner Verzweiflung freien Lauf, lass deine Tränen zu einem Schwert aus Eis werden, das die Herzen deiner Feinde mit kaltem Tod durchbohrt. Lass das Feuer des Hasses deine Seele freibrennen von allem Zweifel.

Seamus merkte, wie er vor dem Schwert zurückwich. Und er stellte sich erneut die Frage, die ihn schon ein paarmal umgetrieben hatte, die ihn diesmal aber mit einer Deutlichkeit traf, als würde der Schlag eines Kriegshammers auf ihn niedergehen.

Besitze ich dieses Schwert? Oder besitzt es mich?

KAPITEL 29
St. Bride's Kirk, Schottland, 21. Dezember

Ward erkannte sofort den Grabstein. Das Buch lag auf dem Grab und brannte lichterloh. Davor lag ein sterbender Hund, die Kehle durchschnitten, um seinen Hals ein Band, das an einer Wurzel befestigt war. In seinen Todeszuckungen zog der Hund die Alraune aus dem Erdreich.

Das Ritual aus dem Grand Grimoire, dachte Ward. Er hat es getan.

Über alldem stand der Mann mit der Kapuze. Er blickte ihm entgegen und fixierte Ward, der jene Augen sah, die ihn schon beim ersten Mal in Angst versetzt hatten, und den struppigen Bart.

»Es ist zu spät!«, sagte der Mann. »Das Buch ist verloren. Füge dich deinem Schicksal, Charles Ward.«

Ward näherte sich mit langsamen Schritten, das Schwert an der Seite seines Beines, sodass der Mann es nicht sofort sehen konnte.

Er sah das Flackern des Feuers auf dem Grabstein.

Ein eisiges Zucken durchfuhr ihn.

Auf dem Grabstein stand ein anderer Name als in dem Buch. Ein anderer Name als auf der Website.

Jonathan Locke
*3. Januar 1900
†21. Dezember 1950

Das war der dritte Mann, der das Buch kommentiert hatte. Vor seinem inneren Auge tauchten die drei Männer auf, die zuvor das Buch gelesen hatten.

1730: Stuart Walter

1840: William Bones
1950: Jonathan Locke

Waren sie alle hintereinander gestorben? Alle hier?

Dann sah er den Spruch auf dem Grabstein:

In girum imus nocte et consumimur igni.

Wir gingen des Nachts im Kreise und wurden vom Feuer verzehrt.

Jetzt begriff er! Es war ein Palindrom. Man konnte diesen Spruch von vorne und von hinten lesen.

Jonathan Locke war der Dritte und Letzte. Aber war er wirklich der Letzte?

Ward warf einen Blick auf sein Handy.

Eine Minute nach Mitternacht.

Es war der 21. Dezember, der dunkelste Tag des Jahres!

»Es ist zu spät«, sagte der Mann. »Du kannst mich nicht hindern.« Mit diesen Worten griff er in seine Jacke. Und zog eine Waffe hervor.

Doch Ward war schneller.

Mit einer Energie, die er von sich nicht kannte, stürzte er nach vorne. Er und das Schwert.

Er schwang das Schwert von oben nach unten, ließ es in einem blutigen Kreis von Tod und Zerstörung herabsausen wie ein Fallbeil. Es erwischte den unheimlichen Mann rechts oben am Hals und drang bis nach unten zu seinem Solarplexus vor. Knochen knirschten, Blut spritzte auf das Feuer, und Fleisch und Muskelfasern stoben in die Nacht. Ein langer Spritzer Blut schoss über den weißen Schnee, wie eine Botschaft der Vernichtung und des Todes.

Der Kopf des Mannes war nur deswegen nicht abgetrennt, weil Ward ihm fast den halben Oberkörper gleich mit abgeschlagen hatte.

Ohne ein Wort fiel der Mann zu Boden. Blut breitete sich unter ihm aus.

Das Feuer brannte. Ward wickelte sich einen Teil seiner Jacke um die Hand, griff nach dem Buch und wälzte das brennende Buch im Schnee. Es war verkohlt, aber es war noch intakt. Der harte Einband hatte den schlimmsten Schaden der Flammen abgewehrt.

Der Boden war gefroren.

Er nahm das Schwert als Spaten, stach eher einen Teil des Bodens aus, als dass er grub.

Schließlich kniete er auf dem gefrorenen Schnee und ließ das Buch mit dem Sarg in das Grab hinab.

Es war wie eine Bestattung.

Er stand auf, die Spitze des Schwertes im Boden, beide Hände am Knauf des Schwertes, als hätte er diese Waffe schon immer besessen.

Er stand am Grab.

Schaute in den Sternenhimmel.

Und hörte die Stimme.

Du bist mein, Seamus!

Du hast deine Feinde niedergestreckt! Das hast du gut gemacht!

Verbanne alle Gedanken der Reue und des Mitleids, denn was ist Mitleid anderes als die letzte Waffe der Schwachen, um anderen Menschen Schmerz zuzufügen? Ich erschuf dein Königreich, ich erschuf dich und ich erschuf dein Schwert, denn die Klinge, die du trägst, wurde geschmiedet in deinem Hass, getempert in deinem Verlangen, gekühlt in deinen Tränen, geschliffen in deiner Gier und geboren in meinem Namen!

Du bist mein, ebenso wie das Schwert, und ich bin gekommen, euch beide zu holen!

Dann verlor er das Bewusstsein.

KAPITEL 30
St. Bride's Kirk, Schottland, 21. Dezember, Nachmittag

Helen Ward war sofort nach Schottland gefahren. Die Polizei war bei ihr. Ihr Gesicht war voller Tränen, als sie auf den Friedhof der Kirche ging. Angeblich hatte ihr Mann den Pub *The Dead Dragon* fluchtartig verlassen und war zur Kirche gefahren. Dort stand das Auto der beiden, zusammen mit dem Motorrad des Mannes, den Charles Ward, ihr Mann, offenbar auf bestialische Weise mit einer großen, scharfen Waffe ermordet hatte. Hatte er etwa auch Trevor ermordet? Helen mochte gar nicht daran denken. Beide waren vorher im Pub gewesen. Das Opfer war mit dem Moped geflohen, Ward mit dem Auto hinterher. Die Leiche war längst in der Rechtsmedizin. Laut Rechtsmedizin sei eine solche Verletzung eigentlich nur mit einem Schwert, einem schweren, beidhändig geführten Schwert mit langer Klinge möglich.

Von dem Schwert oder von Ward keine Spur. Laut Aussage von Zeugen hatte Ward das Schwert nie zuvor in seinem Besitz gehabt, und alle fragten sich, woher er es zu nächtlicher Zeit bekommen haben mochte. Seine Reisetasche und sein Kulturbeutel lagen noch in dem kleinen Motel ganz in der Nähe.

Was immer passiert: Ich liebe dich, hatte Ward am Telefon zu ihr gesagt. Es hatte nicht wie ein Abschied klingen sollen, aber genau das war es gewesen. Sie hatten sich zuletzt am Tag zuvor morgens im Krankenhaus gesehen. Im Zimmer von Trevor, der jetzt auch tot war.

Die Polizisten untersuchten den Friedhof. »Das kann nicht sein«, sagte einer der beiden. »Mrs Ward, wollen Sie sich das einmal anschauen?«

»Ich komme.«

Sie ging vorsichtig über den rutschigen Schnee.

Dann sah sie den Stein. Und die Schrift. In den Stein gehauen, verwildert und voller Moos und bedeckt von Schnee. Als wäre die Schrift dort schon seit Jahrzehnten den Jahreszeiten ausgesetzt gewesen.

Sie las die Buchstaben, aber sie konnte nicht glauben, was sie las. Denn sie kannte das Geburtsdatum.

Charles D. Ward
*6.6.1978
†21.12.2021

Und darunter ein Spruch, über dessen Herkunft sie nicht das Geringste hätte sagen können:

Das ist nicht tot, was ewig liegt,
Bis dass die Zeit den Tod besiegt. [3]

Dann hörte sie die Stimme in ihrem Kopf.

Ich bin nicht tot. Ich bin nur nicht hier.

Helen Ward brach weinend zusammen.

Eine spätere Exhumierung ergab, dass das Grab leer war.

---

3 Der Spruch ist von H. P. Lovecraft. Er lautet im englischen Original: »That is not dead which can eternal lie, yet with strange aeons even death may die.«

KAPITEL 31
Vor langer Zeit, A. D. 1320

Der Mann, den man den schwarzen Prinzen nannte, zog sich den schweren Umhang fester um seine Schultern. Der eiskalte Nordwind, der unbarmherzig über die Ebene fegte, schien seinen Körper all seiner Sinne zu berauben, sodass er sich fühlte wie eine Steinstatue aus alten Zeiten. War es wirklich nur der Sturm, der ihn zittern ließ wie das letzte Blatt an einem sterbenden Baum, oder war es die Angst vor der Dunkelheit und dem Unbekannten, das auf ihn wartete?

In seinen Händen, die fast ebenso kalt waren wie der Wind, lag das Schwert, und es erzitterte nicht vor dem kalten Wind und es zitterte auch nicht vor Angst. Es war noch kälter als der Wind selbst, so kalt und furchtlos, wie es nur lebloser Stahl sein konnte.

Leblos?

Nein, das war es nicht.

Es würde ihm helfen. So wie viele Male zuvor.

Er wusste, was das Schwert konnte. Und er wusste, was er konnte.

Er konnte kämpfen, er konnte Männer anführen.

Er würde gewinnen.

Nur eine Sache konnte er nicht.

Er konnte nicht sagen, wie er hierhergekommen war.

Er wusste nur, was er tun musste.

Kämpfen, töten, siegen.

»Lord Douglas, wir sind bereit«, sagte der Heermeister. »Angriff?«

Er hob das Schwert, in dem sich die fahle Sonne brach, und richtete es auf die feindliche Armee vor ihm.

»Angriff!«, rief er.

Die Armee setzte sich langsam in Bewegung, eine Lawine der Vernichtung.

Er sah sein Spiegelbild in der langen Klinge, die er in der Hand hielt.

Sie nannten ihn Herr.

Sie nannten ihn Lord.

Sie nannten ihn Ritter.

Sie nannten ihn Seamus Douglas, Lord von Castle Douglas.

Doch er wusste, dass das nicht sein richtiger Name war.

Sein Name war nicht Seamus.

Sein richtiger Name war Charles D. Ward.

Statt eines Nachworts

Eigentlich wollte ich für diesen kurzen Thriller gar kein Nachwort schreiben. Was nichts daran ändert, dass ich mich natürlich wieder bei einigen sehr geschätzten Personen bedanken möchte. Meiner Frau Saskia ist dieser Thriller ohnehin gewidmet, mein Schwiegervater Thomas Guddat hatte die Idee zu dem Titel, Droemer-Knaur-Verlegerin Doris Janhsen hatte die tolle Idee zu dieser Reihe, und das Dreamteam Steffen Haselbach, Michaela Kenklies und, von Agenturseite, Markus Michalek und sein Team führten das Ganze zum Erfolg, ergänzt um Antje Steinhäuser mit ihrem super Lektorat. Nicht zu vergessen Katharina Ilgen und Nina Vogel sowie das geschätzte Team des Verlags aus Marketing und Vertrieb. Eine Person kommt allerdings noch dazu. Doch dazu mehr später.

Worauf ich aber hinausmöchte: Meine erste ernst zu nehmende Kurzgeschichte hieß »The Darkness and the Sword«, und ich hatte sie für ein Creative-Writing-Seminar an der Carl von Ossietzky Universität, geleitet von Bob McLaughlin, Dozent für amerikanische Literatur, geschrieben. Das war im Jahr 1997. Zwar hatte die Creative Writing Class, die einer der Höhepunkte meines Anglistik- und Amerikanistik-Studiums war, die gesammelten Storys drucken und binden lassen, soweit ich weiß mit Unterstützung des AStA der Uni, aber mehr war aus dieser Geschichte nicht geworden. Ich hatte sie dann irgendwann einmal vom Englischen ins Deutsche übersetzt, um sie dem Verlag als Beginn einer Fantasy-Reihe schmackhaft zu machen, doch dafür war die Story mit circa fünf Seiten zu kurz.

Dennoch war »The Darkness and the Sword« oder »Die Finsternis und das Schwert« nach wie vor eine meiner

Lieblingsgeschichten, und ich fragte mich also, wie ich diese tolle Geschichte meinen Leserinnen und Lesern zugutekommen lassen könnte.

Und dann schlug der Zufall oder das Schicksal zu: Der Verlag wollte zum Droemer-Knaur-Jubiläum im Jahr 2021 von seinen Topautoren einen etwa hundertseitigen Thriller. Ich hatte diese tolle, aber zu kurze Kurzgeschichte, die die perfekte Basis für eine größere Story liefern könnte. Nun, den Rest der Story halten Sie in den Händen.

Auch wenn ich erst 2005/2006 mit der Arbeit zu meinem ersten Thriller »Das Große Tier« begann, wurde der Grundstein dafür in den Jahren 1997 bis 2000 gelegt. 1997 mit dieser Story und 1999/2000 mit meinem Studium in London, der ersten Recherche zu meiner Magisterarbeit zum Werk von H. P. Lovecraft und natürlich einigen Besuchen in Oxford.

»The Darkness and the Sword« war somit nicht nur der Startschuss zu »Winter des Wahnsinns«, sondern, verfrüht, genau genommen auch der Startschuss zu meiner Karriere als Thrillerautor. Vielleicht wäre das alles nicht passiert, wenn wir damals, 1997, in der Creative Writing Class, nicht so eine tolle Truppe gewesen wären, was besonders auch an der Ermutigung durch den Dozenten lag, »doch einfach mal loszuschreiben«. Von daher möchte ich Robert (Bob) McLaughlin hiermit auch ausdrücklich danken! *Thanks for the great encouragement, Bob!!!*

Vor diesem Hintergrund wünsche ich allen Clara-Vidalis- und sonstigen Thriller-Fans besonders viel Freude und Grusel und bin gespannt, wie Ihnen dieser Ausflug in ein neues Genre gefällt.

Herzlich
Veit Etzold, Berlin im Dezember 2020

**GESPANNT AUF MEHR?
ENTDECKEN SIE AUCH DIE ANDEREN
FESSELNDEN HIGHLIGHTS VON VEIT ETZOLD:**

TRÄNENBRINGER
SCHMERZMACHER
BLUTGOTT

Hauptkommissarin Clara Vidalis,
Expertin für Pathopsychologie am LKA Berlin, ermittelt

»Näher an der Realität, als einem lieb ist.« *ZDF Info*

»Serienmörder, Satanisten, Psychopathen – dank solcher Figuren werden Veit Etzolds Bücher zu Bestsellern.« *NDR*